火赤链系列

蛇 岛

蒋坤元 著

中国·苏州
古吴轩出版社

图书在版编目（ＣＩＰ）数据

蛇岛 / 蒋坤元著 . —苏州：古吴轩出版社，2018.12
ISBN 978-7-5546-1209-5

Ⅰ . ①蛇… Ⅱ . ①蒋… Ⅲ . ①长篇小说—中国—当代
Ⅳ . ① I247.5

中国版本图书馆 CIP 数据核字（2018）第 190975 号

责任编辑：徐小良
见习编辑：刘　冉
责任校对：俞　都　李爱华
责任照排：吴　静
封面设计：吴　静

书　　名：蛇　岛
著　　者：蒋坤元
出版发行：古吴轩出版社
地址：苏州市十梓街458号　　　邮编：215006
Http://www.guwuxuancbs.com　　E-mail:gwxcbs@126.com
电话：0512-65233679　　　　　传真：0512-65220750
出 版 人：钱经纬
印　　刷：苏州市越洋印刷有限公司
开　　本：889×1194　　1/32
印　　张：6
版　　次：2018 年 12 月第 1 版　第 1 次印刷
书　　号：ISBN 978-7-5546-1209-5
定　　价：36.00 元

如有印装质量问题，请与印刷厂联系。　0512-68180628

蛇
岛

蛇岛，这个藏在阳澄湖里的小岛，原本你在地图上都找不到它！但是，现在小岛被许多人知道了，因为一个女人。

这个女人姓陈，名唤秀萍。

二十多年前，她只身一人来到了蛇岛，当时她才三十八岁。

那是个野猫都不拉屎的小岛。她说："我可以在小岛上养鸡鸭。我可以把蛇岛打扮成一个四季花园。"

有人说："你是痴人说梦。"

但她非得去。

她去蛇岛，也是为逃离她人生的不幸。她与丈夫离了婚，她离开了那个吃喝玩乐的男人。而唯一的女儿就随父亲生活，没有跟母亲去蛇岛。

陈秀萍一个人在蛇岛开荒种地。她种桃树，种橘子树，种茶树，从此让荒岛变了模样；她还饲养山羊、肉猪，在岛上放养鸡鸭，从此让小岛成了"动物的乐园"……

她告诉你，既然自己选择了这一条路，不管风雨交加，不管前方多遥远，也要坚定不移地走下去。

像一首歌唱的那样，"走过去，前面是个天"。

秋风卷起带着落叶的水花，朝一只小船扑去，小船在湖面上摇晃不止。如果那风再大一些，这一只小船就有可能被风吹走。

小船停靠的地方，就是蛇岛。

谁也不知道蛇岛名字的来历，文献上也没有记载。或许，以前这个蛇岛上生活着蛇类等爬行动物吧，但现在你找遍蛇岛的角角落落，也见不着一条蛇，连江南水乡常见的水蛇，这个岛上也没有。

湖里这一只小船的主人，就是陈秀萍。

她一个人摇着小船来到了蛇岛。

当时，她带了一顶帐篷、一张夹鱼网、一只手电筒、一床被子、一只铁锅，还有一袋大米……陈秀萍想在这个小岛上生根开花。

秋天真的是雨水做成的季节，陈秀萍还没有支起帐篷，一场秋雨就劈头盖脸地下了，她只好躲藏在一棵大树底下。然而那一场雨水还是把她的衣服，还有一床被子淋湿了。好在小岛上没其他人，于是她干脆脱光衣服，将衣服晾在树枝上，而自己就光着身子，在小岛上穿梭。雨停了，而天快黑了。

带来的大米也被雨水淋湿了。"趁天黑之前，必须到湖里捉几条鱼。"她对自己说。她拿起夹鱼网又一次来到了小船上，将夹鱼网向湖里甩去。

她是地地道道的渔民。捕鱼捉虾是她的看家本领。

她收起夹鱼网，看到网里面有一条大鲢鱼！她一看，这一条大鲢鱼应该有七八斤重吧。她知道，她不会饿肚子了。她做了一锅鲢鱼头汤，然后将剩下的一半鱼挂在一棵树上。

在这么一个荒芜的小岛上，当夜幕降临，像陈秀萍这样一个女子难道她不害怕吗？这个问题后来有人也问过她的，她是这样回答的："我从小在阳澄湖里长大，经常一个人睡在小船上，就这样风里来雨里去，习惯了。"

原来，她就出生在一只网船*上，母亲生她的时候，连父亲都不在船上。那天早晨，父亲摇了一只小船在阳澄湖里倒虾笼，可是她的母亲便生产了。当时，那只小船上没有其他人，母亲就拿了剪刀自己剪了脐带，那血啊流了一船舱，父亲回来可吓坏了，连忙将母女送到附近医院。还好母女平安。

陈秀萍五岁就学会了游泳，当父母亲外出捕鱼的时候，她就坐在船舱里。父母亲捕鱼的艰辛，从小烙印在她的脑海里。二十岁那年，她嫁给了同是渔民的张大伟，第二年他们就有了女儿，取名为张小秀。夫妻俩有两只船：一只是水泥船，用来运输东西；一只是小木船，到阳澄湖里捕鱼捉虾。

只是张大伟喜欢赌博，又经常输钱，而且他一输钱回家就发脾气，有时候还动手打妻子。而陈秀萍是一个不甘示弱的女子，有一次张大伟绰起扫帚打她，她就拿起一把铁锹还击，结果把他打得头破血流，他的脸上从此就有了一条长长的伤疤，后来就有了一个绰号，叫"飞来疤"。

而且"飞来疤"还喜欢玩女人，他有两个情妇。一个情妇还是他的亲戚，比他年长两岁。一天早晨，他外出捕鱼，陈秀萍身体不好，便让那个亲戚替她出船了，谁知道船一到阳澄湖里，他俩就抱在一起了。世上有"车震""马震"，这应该叫"船震"

＊ 有篷的小渔船。

5

吧。另一个情妇比他小十几岁，她是村庄里开小店的，他经常去那里买烟酒，结果他俩就勾搭上了。有一天他俩在小店做那个事的时候，被那个女人的婆婆发现了。老太婆拿了一把菜刀要劈死他，他一边拉住裤子一边逃。此事闹得满城风雨。

当时，陈秀萍没有选择离婚，就是看在女儿的分上。她想，离婚了，孩子就是湖里的一叶浮萍了，像浮萍漂来漂去没人管了。但他俩约法三章：如果他再在外面玩女人，她就不给他机会了，那就离婚。

后来，他又与那个年长的亲戚做那事儿了，陈秀萍就提出离婚。

"飞来疤"抹了一把眼泪说："这是我最后一次。如果我再犯错误，你就把我推到阳澄湖里，让我去死吧。"

为此，夫妻俩分开过一段时间的，只是没有去办离婚手续而已。后来，女儿张小秀要上学读书，经亲友劝说，陈秀萍才答应与这个男人"破镜重圆"。

这回陈秀萍是铁了心与他离婚了。

"飞来疤"发誓与那个亲戚断绝关系，但过了一两年后，他俩竟然死灰复燃，趁陈秀萍睡着之际，他便轻轻地溜出去与她约会，与她寻欢作乐。

那女人住在一只小船上。她丈夫常常在外面喝酒，喝得烂醉如泥，有时候他就倒在人家屋檐下睡一觉，有时候就在村口的牛棚里过一宿，所以那女人并不把他当一回事儿。

"飞来疤"偷偷地上了她的小船。

两个人就撑着小船到阳澄湖的一个港湾。然后，两个人就抱着做那事儿。黑夜里，那一只小船摇晃得厉害。

她说："我男人说了，只要他不知道我外面有男人，他就不管的。"

他说："你男人真是一个大气的男人。"

"如果你老婆在外面偷人，你知道会怎样？"

"那可不行。如果被我发现，我要绰起棍子打断她的腿，不让她再跨出家门一步。"

"打断你老婆的腿，你还得花钱给她治啊。"

"那是两回事，她偷人就得打她，她腿断了就得给她治。打她是让她长记性，记得以后不许偷男人。"

"那你偷我，你希望我男人打断我的腿吗？"

"他敢！他打断你的腿，我就打断他的腿。"

"你好自私。"

"我为你出头，怎么是自私呢？"

说完，他重新抱紧她，那小船儿又摇晃起来，好像阳澄湖水面刮起了七级大风。她像喝了迷魂药似的说："你比他年轻，你的力气真比他大。他一个月都不想做这事，而你还能这样连续着做，我真的好喜欢你！"

一天，已是夜里九时多了，"飞来疤"看到妻子陈秀萍已呼呼地睡着了，他窃笑一声就悄悄地出门。当然，他此番外出是与那个年长的女人约会。而陈秀萍并没有睡着，是佯装的。

因为她听到了外面的风言风语，所以她要当场捉奸。有道是，捉贼要赃，捉奸要双。

她跟着他出门了。

他一溜小跑来到了湖边，这时有一只小船从西边摇了过来。

他跳上了那一只小船。小船摇向湖的深处。

她知道，这一只小船就是那个年长的女人的。

她愤怒至极，但当时并没有大喊大叫。她叫了她的哥哥，兄妹两人也摇了一只小船，在湖面上寻找那一只小船。她哥哥摇船，而她蹲在船头，眼睛盯着四周。她寻思着，如果捉到他俩在偷情，这回就与他离婚，没有商量的余地。

她看到了湖面上有个黑影。

她说："前面有船，快靠上去。"

她哥哥说："你不要上船，我上去。"

她说："我上去，我要拉他一块儿死。"

她哥哥说："你傻了，你拿好他们的衣服。"

她说："好，哥，我听你的。"

她哥哥说："你到船舱里，站稳脚跟。"

她说："好，哥，你声音小点。"

她哥哥使足力气摇船，小船像离弦的箭飞速向前，她的心"咚咚"地跳。她想，跳到那一只船上后，第一件事就是把他俩的衣服往湖里甩去，然后拉住男人，不能让他跳湖逃走。

她哥哥执意不让妹妹先到那一只船上去。所以当船抵达那一只船旁时，她哥哥放下木橹，对陈秀萍说："你拉牢人家的船，我上去。"

他跳到了那一只船上。

那一只船上是一对老夫妻，他俩以为遇到了强盗，吓得连喊救命。

他哥哥这才发现找错人了。

他说："对不住你们了，我们找错船了。"

那老头儿说："我半条老命都被你吓掉了。"

她哥哥一下子愣在了那里。

他不说话了，连忙跳到自己的小船上，对陈秀萍说："认错船了，这船是人家的。"

陈秀萍"啊"了一声，连忙用一根竹篙将船撑开，她哥哥像做贼一样慌忙摇船离开。

陈秀萍说："应该是这一只船啊！"

她哥哥说："可船上不是我妹夫啊！"

"什么妹夫！这个'狗虫'今天找到他，我从此不让他过太平日子。"

"你现在不要这样说，等找到他事情水落石出，你再与他算账。如果他真在外面偷婆娘，那毫无疑问我赞成你俩离婚。这一口气你咽不下，我做哥的也咽不下，我一定为你讨一个公道。"

她哥哥又问："现在是继续找，还是回去？"

她说："继续找，那一只船应该就在附近的。"

她哥哥说："你蹲在船舱里，看好四周。"他一边用力摇着船，一边暗暗地叹了一口气。而陈秀萍的心里觉得更委屈了，她任劳任怨，为了这个家辛劳，他竟然还在外面偷婆娘！

她的眼泪按捺不住地流了下来。

因为天黑，阳澄湖里能见度很低很低，最后兄妹两个只好无功而返。当陈秀萍回到家里，"飞来疤"竟然躺在床上呼呼地睡觉。她拿着扫帚就对他一顿狂打。他分明是假睡，立马从床上一跃而起，跳下床铺抢过扫帚，也是对她一阵狂打。

她哥哥多了一个心眼，没有走远。

他听到屋子里的吵闹声，一脚破门而入。

他看见"飞来疤"挥着扫帚在狂打自己的妹妹，异常愤怒，就绰起门后的一根木棍对着"飞来疤"肩膀上就是一记。"飞来疤"丢下扫帚逃出门外。他知道不是她哥哥的对手，因为在这之前，"飞来疤"与她哥哥交过手，被她哥哥揍了一顿，他跪在地上讨饶过的，叫她哥哥"亲爸爸，你饶我一条小命吧"。

此刻，她哥哥拿着木棍追出门外。

"飞来疤"消失在黑夜里。

邻居们都围了过来。

陈秀萍哇哇大哭。

有人劝她不要哭，像这样吃喝嫖赌的男人，早离早好。

有人劝她先回娘家住一晚，等白天找到他人后，看是离婚还是不离婚；现在夜里这么黑，也不知道他会去哪里。

陈秀萍说："我不走，我死也要死在这里。"

她哥哥说："既然这样，你就睡觉。你把房门关上，我在外面睡地铺。"

她说:"哥,你回去,他不敢拿我怎么样的。"

她哥哥说:"如果他再敢打你,哪一只手打你的,我就把他的哪一只手剁了。我说到做到,我宁愿被枪毙,也绝不会放过这种畜生。"

邻居们散了。她哥哥也走了,只留下一个沉甸甸的背影。而这回,陈秀萍铁定了心要与"飞来疤"离婚。

飞来疤从家里跑出去后就跑到附近一家浴室过夜去了。因为他的肩膀挨了她哥哥一棍子,他觉得肩膀有点疼痛,第二天一早他就去医院看病了。他对医生说:"我的肩胛骨可能断了。"

医生问:"是摔跤了吗?"

他说:"不是。"

医生又问:"是怎么弄痛的?"

他这才吞吞吐吐地说:"被棍子打的。"

医生说:"你做啥事情别人要打你呀?"

他不承认是被阿舅打的,说:"夜里我在走路,不知被谁打的?"

医生说:"大概你在外头结冤家了。"

他说:"我从来不做坏良心事,在外头没有一个冤家的。"

医生叫他脱了衬衣,然后医生捏着拳头对他的肩膀捶打了几下,问道:"痛吗?"

"哎哟,有点痛。"他说,"我的肩胛骨肯定断了。"

医生拍了他一记肩膀说："你肩胛骨断了，哪经得起我的拳头捶打呢？不可能断的，只是伤了点筋脉。你家里有关节止痛膏吗？"

他说："没有。"

医生说："那配两盒关节止痛膏就可以了。"

他说："我想吃点伤药。"

医生说："你有没有胃病？"

他说："有的。"

医生说："有胃病不能配伤药给你的。"

他说："为啥有胃病不能吃伤药？"

医生有点不耐烦了，说："你想吃伤药，我可以配给你，不过你吃得胃出血，你不要来寻我。"旁边有的病人也说："你有胃病，吃了伤药，就要加重你的胃病，这是最基本的知识，医学常识。"最后他要求医生用纱布缠绕他的肩膀，医生满足了他的这个要求，吩咐助手给他的肩膀缠绕了一圈纱布，看上去他像一个烧伤的病人了。

吃过午饭，他叫了一辆"啪啪车"回家了。

陈秀萍哭得眼睛红肿，她一夜都没有合眼。她看见他的肩膀缠绕着白纱布出现在家里，心里一惊：莫非我哥哥一棍子下去把他打得肩膀的骨头断了？但不管怎样，她非得与他离婚不可。

她说："你想到回家啦？"

他说："这是我的家，要想走就走，要想回就回。"

"好的，我把这个家让给你。"

"你这话什么意思？"

"你不是一直去寻那个骚货吗？从此以后你们不要偷偷摸摸，不要船上来船上去了，你叫她光明正大到这家里来，你俩拆翻天也不关我腰上 * 了。"

"我与她早断了，你不要血口喷人。"

"你昨夜跑哪里去的？我就在你屁股后头，我看见你跳上那骚货船的。如果我瞎说你半句话，老天爷就让我眼睛瞎掉。"

"飞来疤"站起来整了一整白纱布说："你这个女人说话要有根据，昨天夜里我做梦都没有出去，你不会是有梦游症吧？我看你应该到精神病医院去看看了。"

他想只要死不承认，她便拿他没有什么办法。

"我有精神病也是被你逼出来的。"

"飞来疤"指着肩膀上的白纱布说："血债要用血来还，你哥打我一棍子，等我这个伤好了，我也要打他一棍子。我这个人历来报复心重的，不赚便宜决不罢休。"

陈秀萍伸出大拇指，大声说："你有种！"

"飞来疤"说："君子报仇，十年不晚。"

陈秀萍说："你自称是君子？在别人眼里你是癞皮狗都不如。你仔细想想，我为你张家吃苦受累那么多年，我得过什么

---

* 方言，即不关我事。

好处？从此以后，你走你的阳关道，我走我的独木桥。现在我们就去民政局办离婚手续。"

陈秀萍一个劲儿地叫他去办离婚手续，他当然不会去的。

她说："你发过誓的，如果你再偷情的话，你就跳湖自尽。你不想离婚，我拉不动你，但你说话要算数，你跳湖给我看啊，你是男人说话要算数啊！"

他说："等我伤好，你要离婚就与你离婚。"

"那好，你把这句话写下来。"说完，她跑到房间拿了纸与笔放了在他面前的桌子上，"你把刚才你说的话写下来，并签上你的大名。"

他说："我说的话不会赖的。"

她说："我知道你不会赖，你把你的话写下来才可以证明你张大伟是一个不赖皮的男人，是一个顶天立地的男子汉。"

他说："我说不过你，我睡觉去了。"

说完，他钻到了房间里，并把房门反锁了。陈秀萍想推门进去而开不了门，她在外面大声叫道："你是不是人啊！昨夜与那骚货鬼混，今天白天睡觉，你还是不是人啊！"

不管她怎么说，他就是不开门。

陈秀萍黯然。她忽然抬头看见桌子上的纸与笔，想：刚才叫他写承诺书，他死活不愿写，那我就来写离婚申请书。她就伏在桌子上起草离婚申请书了。她写道：

离婚申请书

我与张大伟感情已经破裂，原因是他有第三者，而且不是有一个第三者，而是有两个第三者，这是村庄里人人都知道的事情。他平日里对女儿也是漠不关心。所以我申请与他离婚，女儿抚养权判给我，请上级领导批准我的离婚申请，在此我表示万分感谢。

还有，关于财产划分，他家的房子我不要，但两只船，一只水泥船、一只小木船要归我所有。其中那只小木船大半是用我父母给我的钱买的，特此说明。

申请人：陈秀萍

她写好后又读了几遍。她想，如果他还不开门，那干脆不叫他开门了，去找村妇女主任，然后把这个离婚申请书交到村妇女主任的手里。她知道，村妇女主任是为村里女人说话的。

陈秀萍心里明白，他是不同意与自己离婚的，他就是要拖着，就是要把她拖到头发花白。这样拖下去还有一个问题，就是他在外面偷情被对方老公逮住，出了人命案子可咋办呢？

而他依然对她的叫喊充耳不闻。

她没有这个耐心了。她便骑车找村妇女主任去了。

他在房间里却是真的睡着了。

等他一觉醒来，打开房门，一看家里空无一人，他也不再回房间睡觉去了，而是穿了一件白衬衣也外出了。他看见一个邻居，便问道："你看见我家秀萍了吗？"

邻居说："一个小时前我看见她骑车往西边去的。"

他说："你看她是高兴还是不高兴的样子？"

邻居说："我没有看她面孔，哪晓得她的脸部表情呢？"

邻居看他肩膀缠绕着白纱布，便问道："你肩膀缠绕着那么多白纱布，是受伤了吗？"

他说："昨日夜里不小心摔了跤，跌痛了肩胛骨，医生关照我至少休息半个月。"

邻居还想说什么，他却不想听了。他说："我要去寻我的妻子，最近她心情不太好，老是疑神疑鬼的，有空我要带她到医院检查一下身体，不然等发现大病，那为时就晚了。"

他转身走了。

邻居对他印象很不好，便对他人说："秀萍是个勤俭持家的好女人，但好汉无好妻，懒汉娶仙女，像这种好女人却找着这种坏坏也是前世作孽啊！依我看，再好的女人遇见这种男人都要痴掉的，都要变成精神病的，哎……"

他人看着"飞来疤"的背影，吐了一句话："这个坏坏，昨日夜里去网船上偷婆娘，你看他吃了一棍子，还好没有被打死。"

这些都是昨日往事，像过眼云烟，现在陈秀萍终于拿到一纸离婚判决书。而女儿张小秀则被判给了"飞来疤"，因为"飞来疤"说，如果女儿不判给他，他就不答应离婚。

所以，陈秀萍只好忍痛割爱。

陈秀萍想得到的两只船，就是一只水泥船和一只小木船，她都得到了。本来"飞来疤"一只船都不想给她，但律师说："那可以这样，你的房子可以一半一半，就是将住房一半判决给女方。"这下"飞来疤"可急坏了，他同意把两只船让出来。

离婚当日，陈秀萍一个人搬回了娘家。

她哥哥说："这下好了，与那个无赖再无纠缠了。"

她说："我要麻烦哥哥与嫂嫂了。"

她哥哥说："都是自己人，不用这么客气。"

而她嫂子为她着想，不希望陈秀萍长年累月吃住在娘家，说："你住个把月应该是可以的，如果你一年四季想住在这里，我觉得大家都不太方便。"

陈秀萍说："我就要到外面寻工作的，不会长时间住在这里的。"

她嫂子说："我可不是赶你走啊。你年纪还轻，你应该找工作干活的，我也是为你好。"

陈秀萍说："是的，这个我也懂。"

她哥哥则给她提供了一条信息，阳澄湖里有个蛇岛，现在村里正在寻找承包人，如果谁承包下这个小岛，那么他便可以在蛇岛上一个是种花木瓜果，二个是发展养殖业。

她说："这是真的吗？"

她哥哥说："如果是假的，我也不会告诉你了。"

她说："哥，我想去承包蛇岛。"

她哥哥看看她，没有再说什么，他心里觉得一个女人到那种荒野的小岛上生活，是有点不可思议的。

17

　　于是，陈秀萍找到村主任，提出由她来承包蛇岛。村主任五十开外年纪，是个持重老练的农村基层干部。他说："如果你不离婚，我倒是可以考虑你们夫妻俩承包这个蛇岛。可惜你是个离婚女人，你一个人承包蛇岛势单力薄啊！"

　　他一边说，一边将眼光在陈秀萍身上溜了一回。

　　陈秀萍听他说自己是离婚女人，心里就来气了，但她想不能得罪他，便强装笑脸道："离婚女人也不缺胳膊少腿，相反像我这样一个离婚女人没有任何牵挂，可以一门心思投入到所做的工作当中去啊。如果村里让我承包蛇岛，我一个人就可以常年吃住在岛上，这是多么好啊！"

　　村主任感觉自己的说法有点歧视离婚女人，便说："我不是说离婚女人不好，而是觉得离婚女人缺少一个好相帮，许多需要男人干活的地方也只好靠女人自己顶上去了。"

　　她说："哎，离婚女人也不是一成不变，遇到合适的对象还可以组织家庭啊！"

　　他说："你说得对，我希望你重新找到自己理想的伴侣。"

　　她说："眼前我只想拿到蛇岛的承包权。"

　　他说："那你打一份申请过来，等村委会集体研究看把蛇岛交给谁承包。"

　　不想陈秀萍做事十分干净利落，她说："你拿一张白纸与一支钢笔给我，我现在就写申请书给你。我真的非常渴望承包这个蛇岛，我想花十年时间把蛇岛打扮成阳澄湖的花果山。"

村主任把纸与笔交给了陈秀萍。

陈秀萍说："好久没写东西了，不知道从哪里写起，真是万事开头难啊。"其实，在这之前她已写过那个离婚申请书，对"写东西"并不陌生。

村主任哈哈一笑，说："再难也没有你们女人生小孩难啊！有的女人使劲也生不出小孩来，那就叫难产。你看，生孩子就像坐在鬼门关上，稍有不慎真的就会发生人身伤亡事故啊！你好好把承包蛇岛的申请书写一下。你写好后就把它放在我的这个桌子上，我去外头方便下。"

陈秀萍说："好。"

村主任说："要想承包蛇岛的人不计其数，大家都想承包，会抢得'白热化'。"

陈秀萍想，村主任的门槛太精了。

陈秀萍写好了申请书，把申请书交到村主任手里。她想走了，村主任却叫住她，问："你还准备嫁人吗？"

她说："我刚离婚，这几年应该不会。再说在我眼里，还没有看见过好男人。"

村主任说："你怎么可以一棍子打死所有男人呢？像我不是好男人吗？"

她说："你应该是一个例外吧，因为你是村主任，当然有一定的思想觉悟，跟一般群众的思想觉悟不太一样的。"她竟然也学会了"恭维"这个"马屁功夫"。

村主任说："我倒想给你介绍一个对象，我觉得你俩倒是蛮相配。"

陈秀萍看了一眼村主任说："谁？"

村主任说："你不想嫁人了，我说了也没有用啊。"

陈秀萍一笑说："其实你不说，我也晓得他是谁的？"

村主任反问道："那你说是谁？"

陈秀萍说："是你五弟，你说我说得对不对呀？"

村主任有兄弟五人，他是老二。而老五的妻子一年前病故，留下了一个儿子，老五目前没有再娶女人。

村主任很是惊讶，说："你怎么会知道的呢？"

陈秀萍说："因为有人已在我面前讲过你五弟了。"

村主任走前一步，对她说："有了我们老五，你承包了蛇岛，也好有个相帮的。"

陈秀萍愣了一会儿，说："我现在不能答应你，因为我现在就嫁人的话，村里人背后会说我的，我不想落一个坏女人的名声。不过，等过个一两年，我可以考虑考虑，你得给我时间。"

她没有将这一扇门关死。

村主任觉得五弟与她结婚应该是大有希望的，所以他表示自己支持她承包蛇岛。

说实话，过后不久陈秀萍能够承包蛇岛，村主任真的给了她很大的支持，甚至于他的一个亲戚也提出要承包蛇岛，村主任都没有"任人唯亲"帮一把。

而那个亲戚对村主任有了一肚子的意见。

现在陈秀萍一个人摇着那一只小木船来到了蛇岛。

从此，她要全身心地扎根在这个荒芜的小岛上了。

她到达小岛的第一天，就遭遇了一场突然而至的阵雨，结果把她淋成了一只落汤鸡，还有她带去的被子、大米等都被雨水淋湿了。好在小岛上没有其他人，她就光着身子。晚饭她就去湖里抓了一条大鲢鱼，支起一只铁锅，做了一锅鲢鱼头浓汤。她把一锅鱼汤全部喝光了。

夜幕降临了，小岛上更是漆黑一团，而她已支起了帐篷。她钻进帐篷，对自己说，帐篷只是暂时性的，过后就要找人搭棚子，搭住人的棚子，搭养猪养羊养鸡养鸭的棚子。

小岛死一样地安静，只有风浪拍打木船与岸头的声音。

当夜，她做了一个梦。

她梦见一个男人也来到了岛上，而且她与他住在了一起。

梦是甜蜜的。她的梦醒了，她想不起他是谁。她发现自己是一个人孤孤单单在小岛上，也不知道小岛上有没有其他动物。她心里有一点害怕了，然后她坐了起来——她本来就睡在地上。

此时，她对自己说，世界上是没有什么死鬼的，只有可恶的土匪与强盗。

这时，天还没有亮。

她干脆不睡觉了。

她揉了揉眼睛，便钻出了帐篷。她望着幽黑的湖面，然而心里有一轮红日在冉冉地升起……她要做蛇岛的主人，她要把蛇岛建成阳澄湖里最美丽的一个岛屿。

陈秀萍一个人来到蛇岛，有一个人最为她担心，那个人就是她哥哥。你说奇怪不奇怪，那天小岛上风雨交加，而小岛对岸的地方却是另一番景象，真可以形容为风和日丽。所以，她哥哥并不知道她在蛇岛遭遇了瓢泼大雨；如果知晓蛇岛在下雨，她哥哥当然会连夜摇船过去的。

其实，她哥哥那一夜也没有睡好，半夜里他走到门外抬头看夜空，他的心思就在阳澄湖里的那一个小岛上。

第二天早晨，她哥哥与嫂子就摇了一只小船来到了蛇岛。她哥哥夫妻俩一踏上蛇岛，就看见地面潮漉漉的，她哥哥说："好像这里夜里下雨了。"

她嫂子说："那小妹可受罪了。"

她哥哥说："小妹人呢？"

她嫂子在树丛中看到一个帐篷，说："那儿有个帐篷。"

他俩就向帐篷奔跑过去。

他哥哥拉起帐篷一角一看，里面没人，说："小妹不在。"于是，夫妻俩就叫道："小妹——小妹——"原来陈秀萍就在不远处的树丛里解手，她一边拉裤子一边答应道："阿哥、阿嫂，我在这儿——"

兄妹相见，眼泪汪汪。

她嫂子抱着她哭了。

陈秀萍说："阿嫂，你别哭，我不是好好的吗？"

　　她哥哥说："下这么大的雨，你可以摇船回来啊。一个人住在这个小岛上，万一出一点什么意外，那你叫天不应，叫地也不灵，你怎么办呀？"

　　陈秀萍说："小岛上的风不冷，昨晚我把洗好的衣服放在帐篷里，今天早晨衣服就全干了。"

　　她哥哥说："好吧，过去就过去了，小妹，你看需要哥哥与嫂子做些什么，你尽管说，哥与你嫂子一定尽力而为。"

　　她嫂子说："我们就是有钱出钱，有力出力。"

　　陈秀萍与她嫂子又一次紧紧地拥抱在一起了。这时，东方一颗红红的太阳正在冉冉地升起来，阳澄湖的湖面泛起了一层闪着水珠的光芒……

　　陈秀萍在蛇岛上度过了风雨交加的一夜，她心里有了一种崇高的感觉，就是要在蛇岛干一番大事的感觉。而迫在眉睫的一件事就是要盖几间房子，没有遮风挡雨的房子那可不行。

　　陈秀萍对她哥哥说："阿哥，我要在这岛上盖五间房子，村庄里木匠、泥工你都很熟悉，你回去联系一下他们，我想争取这几天就把房子盖起来。"

　　她哥哥说："好，我回去就联系。只是这些砖头、水泥、木头怎么运上岛呢？"

　　她说："我有一只水泥机挂船，只要找一个开船的人就行。"

　　她嫂子对陈秀萍说："你哥就是老开机挂船的。"

　　她哥哥点点头说："这机挂船我来开好了，但搬运这些建筑材料还得找几个人，我一个人搬不动。"

　　陈秀萍说："阿哥，我想在村庄里找两三个劳力，现在盖房子需要他们，运过来的建筑材料可以让他们搬运，还有以后要平整土地，要挖鱼池，还要种树，这些都需要劳力去做的。"

她哥哥说："你有合适的人选吗？"

陈秀萍说："我想听听阿哥的意见。"

她嫂子望着陈秀萍，说："我的二哥是木匠，盖房子倒是可以找他的。"

她哥哥说："木匠、泥工这些人好找的，只要你出得起工钱，找一个排的人也找得着的，问题是现在要找的是小工，那是比较难找的。像这些小工要吃住在岛上，一般的人都不太愿意。"

她哥哥对陈秀萍还是充分相信的，他说："困难是暂时的，如果暂时找不到劳力的话，我与你嫂子先来岛上做一段时间，等你找到其他人后，我们再回去。"

她嫂子点头表示支持。

陈秀萍是个有志气的女人，她不想过多依赖自己的哥哥，反正早晚要找几个人做帮手，所以她对哥哥与嫂子说："阿哥、阿嫂，你们只要帮助我盖起屋子就行，其他的事情我自己想办法解决。"

陈秀萍想了下，对她哥哥说："那木匠就请嫂子的二哥吧，他也是一个老木匠。"

她哥哥说："是的，我家的三间老房子就是二哥盖的，那个房子还是可以的吧？那时他做木匠还不是太在行，现在十几年过去了，他的本事也大了不少。再说浑水不落外浜，反正都是自己人，吃亏、便宜都是自己人嘛。"

她嫂子笑逐颜开。

她哥哥与嫂子回去后连夜去找二哥。

而二哥在外面干活还没有回家。

他俩就在二哥家等待，等了一个多小时，二哥才回来，他有点醉醺醺的样子。

二哥说："我不晓得你们来。早知道你们来，我就早点回来了。"

她嫂子说："二哥，我家姑娘承包了一个蛇岛，现在要在上面盖五间房子，我向她推荐了你，你看你有没有时间做这个活儿？她想这几天就动工。"

二哥说："全生家的房子还要一个星期完工，接下来国强也要我盖房子，我手头活倒是很忙。"

她嫂子说："二哥，你盖房子那么忙，说明你盖房子本事好，大家抢着要你盖房子哇。"

这时，二哥的老婆插嘴了，她对二哥说："你也是死脑筋，你不可以抽几个人出来，先去做地基？做地基也要几天时间的吧？等做好地基就去盖房子，这样谁也不耽误谁呀。"

二哥说："国强催我几回了。"

二哥的老婆说："国强的房子又没有开工，可以再推迟呀。现在自己人要盖房子，你总得先帮自己人盖房子吧，你说我说得对不对？"

她嫂子对二哥说："二哥，嫂子说得非常对，我们是自己人，自己人不帮自己人，你怎么说得过去呢？你就答应帮我家姑娘盖房子吧。"

她哥哥抽出一支香烟递给二哥。

二哥接过香烟点了起来，说："好吧，那明天我抽空去岛上看看。"

她哥哥说："好，明天上午我开船送你过去。"

她哥哥，是有名字的，下面还是用他的名字吧。她哥哥叫陈金生。第二天早晨六时许，二哥吕仁龙找到陈金生家的河埠，两人要去蛇岛。

陈金生正在吃馄饨，他看见吕仁龙过来了，笑眯眯地问道："二哥，你吃粥了吗？"

吕仁龙说："吃过了。"

陈金生说："要不要吃一碗馄饨？"

吕仁龙说："什么馅的？"

陈金生说："是肉馅，真的很鲜的。"

吕仁龙说："那来一碗吧。"

陈金生便舀了一碗馄饨给二哥吃了。这时，陈金生的妻子，就是吕仁龙的妹子吕仁花走了过来，对陈金生说："你慢点走，把锅里的馄饨带给你妹子秀萍吃。"

陈金生"啊"了一声。

吕仁花说："你'啊'是什么意思？"

陈金生说:"锅里的馄饨我舀给二哥吃了。"

吕仁花说:"哎,刚才是我不好,我忘记关照你了,这个锅里的馄饨本想让你带给秀萍吃的。现在你让二哥吃了,不知道你妹子早晨吃什么呢。"

吕仁龙不好意思地说:"我以为锅里馄饨多,不然我不会吃的。"

陈金生说:"二哥,没事的,我妹子在岛上自己会做来吃的。走,我们上岛去。你事情很多的,我们早去早回。"

吕仁龙说:"好!"

两个人便一前一后向湖边走去。

这时,吕仁花追了上来,她把两罐八宝粥递给陈金生,说:"这两罐八宝粥你带给秀萍,叫她一个人在岛上要多吃点东西,不要饿着,不要被雨淋着,如果身体累垮了就什么也干不了。"

陈金生说:"你不要关照我了,你没有事一块儿去蛇岛吧。"

吕仁花想了想,说:"也行,不过你们等我一会儿,我要去关好大门的。"

陈金生非常熟练地发响*了机挂船。吕仁龙解开缆绳,准备撑船走了。他们都称得上是船上的精兵强将。吕仁龙不仅是一个手艺很好的木匠,也是一个机挂船手,以前他家里也有一只机挂船。

陈金生说:"二哥,你慢点撑船,仁花也要去岛上。"

话音未落,只见吕仁花飞快地跑过来,她一边奔跑一边叫:

---

* 方言,即发动。

"等等我，等等我啊！"

她一个箭步跳到了船上。

陈金生说："你不用急的，我们就是在等你。"

吕仁花说："我是不急，你妹子肯定很心急的，我也是急人所急啊！"

"我妹子有你这样的好阿嫂，她也是蛮有福气。"陈金生对妻子吕仁花说，"要开船了，你站好！"

吕仁龙也对吕仁花说："你站稳，我要撑船了。"

机挂船在阳澄湖里劈波斩浪。

吕仁花对吕仁龙说："阿哥，我姑娘是急性子，她恨不得今天看好地基，明天就盖好房子，所以请你抓紧时间，争取早点动工，早点把房子盖起来。"

陈金生说："现在我妹子住在帐篷里，万一下大雨，那帐篷真的不管用，她仍然要被雨水淋湿。"

吕仁龙说："到岛上看了再说吧。"

吕仁花说："那个建筑材料叫金生开船送来，但我愁没有人搬上岸。"

吕仁龙说："这个你不用担心，盖房子我可以'双包'，用不着叫金生开机挂船的。"

吕仁花问道："什么是'双包'呢？"

吕仁龙说："啊，妹妹你'双包'也不晓得吗？我对你说，'双包'就是我们包材料、包人工，东家自己不必动手的，只要准备好钞票就行。"

吕仁花对这个"双包"赞不绝口。

陈金生对吕仁龙说："二哥，我妹子的这五间房子就'双包'给你，你可要造价便宜一点，因为我妹子现在造这几间房子可能就要借钱了，目前她手头资金比谁都紧张。"

机挂船到达蛇岛时，陈秀萍已经等在湖边。因为她的耳朵很尖，她老远就听到了机挂船"突突突"的响声，而她也知道哥哥一早会来看她的。

吕仁龙第一个跳上岸。

陈秀萍跟着嫂子叫他道："二哥，你好！"

吕仁龙说："你嫂子给你准备的一碗馄饨被我吃掉了。"

陈秀萍不知道是怎么一回事，有些愣神。

接着，吕仁花也跳上了岸，她把两罐八宝粥递给陈秀萍，说："喏，一早我准备给你的馄饨被我二哥吃掉了，你就吃这个八宝粥吧。明天如果你哥到岛上来，我再包肉馄饨带给你吃。"

陈秀萍双手接过两罐八宝粥，说："早晨我吃过了。"

吕仁花说："你吃的啥呀？"

陈秀萍说："我吃的虾粥。锅子里还有，嫂子你要不要来一碗？"

吕仁花说："让我去看看。"

几个人便跟着陈秀萍向帐篷走去，而在帐篷附近就支着一只铁锅，原来陈秀萍做饭就是用这一只锅子在野外做的。而吕仁龙最关心的便是盖房子，他问陈秀萍道："你的几间房子想盖在哪里？"

陈秀萍说："我想就在帐篷这一块盖房子。"

吕仁龙绕帐篷走了两圈说："这里是岛的东边还是西边？"

陈秀萍说："应该是岛的西边吧。"

陈金生点头道："是西边。"

吕仁龙说："我看房子还是盖在东边比较好，以后你再要盖猪圈什么的可以盖在西边，不然住人的房子盖在西边，而猪圈盖在东边那不行。"

陈金生说："有什么不行？"

吕仁龙说："东风一吹，人住在西边，那猪粪臭气熏天，谁受得了呢？"

陈秀萍觉得吕仁龙真是一个见多识广之人。她笑了一笑，对吕仁龙说："二哥，你说得非常对，这个小岛如何建设，请你给我出出主意。"

吕仁龙问："这个小岛有多大？"

陈秀萍说："将近五十亩。"

吕仁龙又问："你考虑在岛上搞些什么？"

陈秀萍说："我想在岛上挖一口鱼池，还要搭建一个猪棚，里面养猪养羊，还要养鸡养鸭，还想建一片蔬菜地，还想建一片果林，一年四季岛上瓜果飘香。"

吕仁龙说："好好规划，在这个岛上会大有作为的。"

而吕仁花在看锅里的虾粥。

陈秀萍告诉吕仁花，这粥里的虾是早晨在鱼网里捉到的。原来晚上她把一口鱼网撒在湖里，到天亮的时候她就去收鱼网，结果鱼网里都是鱼虾。于是，她做了一顿虾粥。

吕仁花说："这个虾粥应该比八宝粥有营养啊！"

陈秀萍说："这是阳澄湖里野生的虾，每一只都是活蹦乱跳的。"

吕仁花说："等小岛上的房子盖起来了，我和你哥也想搬到这个小岛上生活。你看阳澄湖碧波荡漾，到时候小岛上又是桃花、梨花开，那是多么美妙的景象啊！"

陈秀萍说："到时候这里就是一个世外桃源。"

而吕仁龙和陈金生在察看房子的地基。

陈金生向陈秀萍招手，好像是在叫她到那边去。

陈秀萍走了过去，吕仁花也跟着走了过去。

吕仁花说："我觉得，我二哥说得对，住人的房子就应该盖在岛的东边。"

陈秀萍说："是的，现在我想好了，这个住人的房子就盖在岛的东边。听二哥的话，不会有错的，我以前就蛮佩服二哥的！"

陈秀萍与吕仁龙讲好盖房子结算方式为"双包"。

陈金生对吕仁龙说："二哥，你是我二哥，秀萍是我妹子，都是一家人，你看'双包'的价格能否再便宜一点呢？"

吕仁龙看看陈金生的脸说："这个价格与岸上的价格已经持平了，而岸上用拖拉机可以直接运到场地，这小岛上还要动用机挂船运输过来，还有做小工的人也要动用机挂船接送，这样真的在小岛上盖房子比在岸上盖房子要多花掉不少的钱。"

吕仁花插嘴道："二哥，你可以赚别人家的钱，我姑娘的钱你就不要赚了吧。"

陈金生说："不赚,二哥吃什么呀?我的意思是二哥你就少赚一点吧。"

吕仁龙说:"这样吧,等盖好房子,如果我有钱赚了,我就将赚的部分提出来,退还一部分给东家,这样应该可以了吧。"

"可以。"陈金生说。

"可以。"吕仁花也这么说。

吕仁龙指着东面一块地对陈秀萍说:"我看房子就盖在那一块地上吧。现在你定好地方,明天我就可以叫船陆陆续续送建筑材料过来。如果你现在不定下地基,到时这些建筑材料送过来后还要搬来搬去,那就又要多花人工,又要多花钱的。我觉得,做任何事情一开始就要做好,像插秧,第一个人一定要插准位置啊!"

陈金生也附和道:"我看那一块地也蛮好,如果是一个村庄,那在上面盖的房子就是靠东第一家喽!"

陈秀萍说:"是的,就在那里盖房子吧。今天我来把上面的树与杂草清理一下。"

吕仁龙摆手道:"这个不用你做的。倒树*是很花力气的活,我叫几个男工来清理场地吧,你只要在旁边指点一下就可以了。"

陈秀萍听了他的话,心里感觉很温暖,她觉得嫂子的二哥真是一个怜香惜玉的好男人。如果以后自己再找男人,就找吕仁龙这样的好男人!

---

* 方言,即挖树。

吕仁龙腰间的"手机"——那个年代被形象地称为"大哥大"——响了,原来他盖房子的地方水泥断货了,要他马上叫人送水泥过去。他说:"我马上叫人送水泥过来,哎,没有水泥你们也要早一点通知我啊!"

他便给卖水泥的打电话,叫他们马上送一拖拉机水泥。

放下"大哥大",他叹了一口气说:"哎,这些人像死人,等水泥一包也没有了才跟我说,一点主观能动性都没有。"

吕仁花说:"二哥,你也不能怪他们呀。"

吕仁龙望了她一眼,说:"为啥不能怪他们?"

吕仁花笑一笑说:"你是老板呀,如果他们都像你这样聪明能干,他们也都能做老板了啊!"

吕仁龙说:"你说得对,他们做工人的也就这么一点觉悟。"

陈金生说:"二哥,那些做生活*的人只要服从你的指挥,我看就是不错了,你对他们要求可不要太高。"

吕仁龙说:"我手下一帮人做生活还是可以的,这个我比较满意。"

陈金生说:"这就可以了。"

吕仁龙说:"没有其他的事情,我就回去了。明天上午我就派人过来整理场地,并且陆续会送些建筑材料过来的。"

陈秀萍说:"好的。那这些做工的人吃饭怎么办?"

吕仁龙说:"开始几天应该没几个人,你做一点饭给他们吃好吗?等施工人员都来了,我会派人过来做饭的,我们吃饭

---

* 方言,即干活。

也在'双包'之内的，不需要你负担。"

陈秀萍说："我知道了，那这几天我来做饭给他们吃。"

陈金生发响了机挂船，吕仁龙跳上船，吕仁花也跳上了船。

陈金生对吕仁花说："你没有事就在岛上陪陪秀萍，我送二哥到岸上就要回来的。"

"好的！"吕仁花笑着说，"那我中午就在这岛上吃虾粥哉。"

于是，她又回到了岛上，一副欢快的样子。

姑嫂两人在小岛上，陈秀萍领着嫂子环岛而行，虽说脚下杂草丛生，但只要有人走过了，便可成一条路。这时，吕仁花突然想上厕所，她问陈秀萍："厕所在哪里呀？"

陈秀萍笑说："岛上遍地是厕所啊。"

其实岛上还没有一个厕所。

吕仁花说："那得先盖一个简易厕所。"

陈秀萍说："我也是这样想的。"

吕仁花知道岛上没有厕所，她便走到草丛里，习惯性地抬头观望了一下四周。陈秀萍见此，对她说："嫂子，岛上没有一个男人的，连一只野猫也没有的，你尽管放心。"

杂草丛里，吕仁花白白的屁股就像一朵白色的花朵，特别显眼。她很快从草丛里走了出来，对陈秀萍说："等会儿你哥过来了，就叫你哥搭一个简易厕所，这样随地上厕所容易扎伤屁股。"

陈秀萍说："那是最好的啦！"

吕仁花突然问道："你与小秀爸还有联系吗？"

陈秀萍说："没有了。"

吕仁花说："你一个人在岛上，你哥和我都不太放心，你不如叫他一块儿来岛上吧。"

陈秀萍说："既然离婚了就不找他了。再说这个人吃喝嫖赌样样来，你别指望他做什么事。我与他离婚也是一件很困难的事，现在去找他的话，他还以为我离开他活不了一样啊！"

吕仁花说："我的意思不是劝你们在一起，我是想你们总归有个孩子，你们总归是藕断丝连，所以让他到岛上来帮你一把也未尝不可啊。"

陈秀萍说："世界上只有他一个男人了，我也不会找他！"

吕仁花说："你还年轻，看有合适的也该找一个。以后嫂子给你留心，嫂子看中的就对你说。"

陈秀萍说："嫂子，我现在的心思都在这个小岛上，关于个人问题还不想考虑。"

两个人都听到了机挂船"突突突"的响声，吕仁花指着湖边的一只机挂船兴奋地说："你看，你哥回来了。"

陈秀萍说："是我哥。"

两个人就向机挂船走过去。

果然是陈金生回来了。

吕仁花对陈金生说："今天我们在岛上吃午饭，不过你也不能白吃饭。"

陈金生说："让我做什么呢？"

吕仁花说："搭一个简易厕所，刚才我在草丛里小便……"

她的话还未说完，陈金生就笑着说："你没有被杂草扎伤屁股吧？"

吕仁花也笑着说："屁股被划伤了。"

陈金生说："真的吗？给我看看。"

陈秀萍笑道："哥，嫂子骗你的。"

陈金生说："你嫂子细皮嫩肉的，她说划伤屁股我真的很相信的，而且你嫂子从来都不会说谎骗人。这是你嫂子第一次说谎哩。"

几个人都哈哈大笑起来了。

陈金生问："厕所搭在哪里？"

陈秀萍说："我看搭在西边的湖边吧。"

吕仁花说："对了，我们家屋后有一只粪缸空着，可以去拿来。要不你开船去把那一只粪缸拿来？"

陈金生说："好的。有了粪缸，只要搭一个简易的棚子就行了。对了，我现在就回去拿粪缸，再到街上买斤把铁丝，搭棚子没有铁丝可不行。"

陈秀萍说："哥，你等一下，我去帐篷取钱。"

陈金生说："这个小钱就不找你要了。"

说完，他又向机挂船走去。看着渐行渐远的机挂船，陈秀萍动情地对吕仁花说："哥哥对我真好！嫂子，我谢谢你，有朝一日我翻身了，我一定要好好谢谢你们！"

吕仁花说："都是自己人，你谢什么呀？"

　　趁陈金生回到岸上拿粪缸之际，陈秀萍与吕仁花姑嫂俩也不闲着，她俩开始砍柴草，因为搭厕所棚子就需要用柴草。好在岛上遍地是杂草，砍柴草也不需要花多大的力气。

　　砍了一个多小时，一大堆杂草便砍好了。

　　这时，陈金生开着机挂船又来到了蛇岛。

　　吕仁花问："你怎么那么长时间才回来？"

　　陈金生说："你看这个粪缸那么大，我一个人搬不动，我在村里还找了两个人才将它搬到了船上，还到街上买铁丝，真的忙得连一口水都没有喝。"

　　吕仁花说："那我错怪你了。"

　　陈金生说："还不知道我们三个人能不能搬得动这一只粪缸呢！"

　　陈秀萍说："只要把它拉到船头上，就可以将它滚上岸。"

　　吕仁花说："如果搬不动，就放在船上，反正明天就有人过来搬运建筑材料。"

　　陈金生说："不行，一定要将它搬到岸上去的，说不定你二哥明天会叫我运输建筑材料，船上有一只粪缸那可不行的。"

　　吕仁花说："这个我可没想到。"

　　陈金生说："那我们动手吧。"

　　三个人费了九牛二虎之力才将这一只粪缸搬上了岸，然后三个人就滚动粪缸，总算将这一只粪缸挪到了小岛的西边。被粪缸滚过的地面杂草都低下了头，真的成了一条路。

陈金生喘着气问："粪缸是放在地下呢，还是放置在地面上呢？"

陈秀萍说："我感觉放在地下比较好。"

陈金生说："那得先挖一个坑。"

陈秀萍说："哥，船头有一把铁锹，我去取来。"说完，她就拔腿向机挂船奔跑过去。

吕仁花对陈金生说："你妹妹不怕吃苦，我觉得她能把这个小岛建设好的！"

陈金生说："是的，我也相信，我妹妹是能够做出一番事业来的！"

陈秀萍取来铁锹，对吕仁花说："嫂子，我们做饭去。"

陈金生一个人挖坑。因为湖边是乱石堆，所以挖坑不是太好挖，铁锹挖不下去，每次只能挖一点点土，结果陈金生布满老茧的手都起了血泡。

吕仁花说："你的锅里不是还有虾粥吗？我就想吃虾粥。"

陈秀萍说："哥哥、嫂子来到岛上，我要请你们吃阳澄湖的野生鱼。"

吕仁花说："你去买鱼吗？那太麻烦了，随便吃一点吧。"

陈秀萍说："不麻烦，我去阳澄湖里捉鱼。"

吕仁花说："你有捉鱼的网吗？"

陈秀萍说："有啊，你跟我来。"

两个人就来到了背面的湖边，陈秀萍指着湖里说："我的一口鱼网就撒在湖里，现在我去收鱼网，估计有些鱼虾的。"

吕仁花睁大了眼睛。

陈秀萍就弯腰轻轻地拉起湖里的鱼网，她越收越快，果然鱼网里有几条鱼在跳跃。吕仁花可高兴了，指着鱼网里的鱼说："这是一条鳜鱼，这是一条鲤鱼，还有许多虾……"

陈秀萍说："这些鱼虾够我们吃一顿了吧？"

吕仁花说："这么多鱼一顿哪吃得了？"

陈秀萍说："嫂子，这一条鳜鱼，你就带回去。"

吕仁花说："你留着它吧，晚上你自己还要吃哩！"

陈秀萍说："我想吃鱼，我就可以在阳澄湖里抓啊，一网下去总会有鱼的。"

吕仁花说："那我就不客气了，这一条鳜鱼我带走！"

陈秀萍说："叫哥在岸上挖一个坑，然后在坑里放点水，把这一条鳜鱼放在坑里，这样鳜鱼就死不了了。"

吕仁花说："现在我感觉蛇岛真是一个好地方，要吃鱼就到阳澄湖里抓鱼。"

陈秀萍说："嫂子，过些日子你来看，这岛上还会瓜果遍地，我要把这个蛇岛装扮得更美丽。"

到吃饭的时候，陈金生挖粪坑也挖得差不多了。吕仁花跑过去叫他吃饭，对他说："吃饭了。你妹子捉了一桌子的鱼，都是你喜欢吃的好菜啊。"

陈金生不相信。

他说："你刚才已骗过我一回，你就不要再骗我了。"

吕仁花说："我真的没有骗你，你自己跑去看吧。"

他说："在这个小岛上有大米饭吃就很好了。"

吕仁花说："我告诉你，中午的鱼太多了，我们三个人肯定一顿吃不了，你妹妹还叫我把一条大鳜鱼带回去呐！刚刚我自己挖了个坑，把那条鳜鱼养在水坑里了。"

他笑了："你越说越离谱了。我妹妹赤手空拳的，到哪里捉鱼呢？"

他说什么也不相信。

他钻进帐篷，果然地上几只大碗都装满了鱼，还有一碗虾。

陈金生这才相信妻子的话，对陈秀萍说："妹妹，这些鱼虾真的都是你捉的吗？"

陈秀萍说："我与嫂子一块儿捉的呀。"

陈金生对吕仁花说："你也会捉鱼？"

吕仁花说："我只会碗里捉鱼啊！"

陈秀萍说："早知道哥哥你来，我买好几瓶白酒就好了。"

陈金生点头道："在这个小岛上，喝几盅老酒，吃吃湖虾，那比神仙还要快活。"

吕仁花说："那你也搬到小岛上来吧，你到哪里，我就跟你到哪里。"

陈金生说："我搬到小岛上来，你下湖捉鱼给我吃吗？"

陈秀萍抢着回答了，她说："哥，你到这个小岛上来，我天天下阳澄湖捕鱼给你吃。"

陈金生用手捋了一下脸，说："现在这个小岛还是一穷二白，妹妹，吃苦的日子还在后头，你有什么难事一定要对我讲，哥是你坚强的后盾。"

陈秀萍一惊，因为她看到了他脸上有血。

"哥，你脸上怎么会有血？"陈秀萍惊叫道。

"脸上有血？"陈金生一边说一边用手又捋了一下脸，这下脸上血更多了。

吕仁花找了一张纸巾擦拭他的脸，说："脸没有伤哇，哪来的血呢？"她想，会不会是他手上有血，于是她抓过他两只手察看，便惊叫道："你手上的血泡都破啦！"

陈秀萍也抓着他的双手察看，说："哥，让你的手起血泡了，我心里不好受。"

陈金生说："没关系的，明天这手就好了。"

吕仁花说："不好挖就不要硬挖，你自己脑子不够灵活。"

陈秀萍说："嫂子，你不能责怪我哥。如果我不说把粪缸放在坑里，就不用挖这个坑的。所以是我不好，你要责怪人就责怪我好了。"

陈金生说："这个湖边都是乱石地，所以铁锹挖不下去，只能一点点挖。等吃好饭，我们就可以把粪缸安在坑里，然后我们就可以搭草棚子了。"

陈秀萍说："搭草棚我与嫂子来做吧，哥你就在帐篷里休息一下。"

陈金生说："这个草棚还是我来搭，因为如果铁丝不拧紧，大风一来，这草棚就要散架的。"

陈秀萍说："那我来做下手。"

吕仁花说:"我们一块儿搭。"

帐篷里没有桌子,他们就围坐在地上吃饭。

陈秀萍说:"这里味精、黄酒都没有,这鱼就放了点酱油煮煮,不知道好不好吃。"

"好吃,好吃,野生鱼味道就是不一样。"陈金生大口地吃着鱼。

"没人与你抢,你慢点儿吃,当心鱼骨头。"吕仁花对他说。

"嫂子,你也吃鱼啊!"陈秀萍对吕仁花说。

这真是,帐篷里传出欢乐的歌。

搭好简易厕所的草棚,陈金生夫妻就开着机挂船回到岸上去了。

现在蛇岛上就只有陈秀萍一个人。

黑夜很快就来了。

陈秀萍钻入帐篷里。她点了一只煤油灯,帐篷里如同开了电灯一样,只是帐篷里充斥着一股煤油的味道。天气尚热,她没有什么顾虑,就像男人一样赤着膊,倒在一张席子上睡觉。她富有弹性的胸脯在煤油灯光里起伏着。而在岸上时,她从来都是穿着内衣睡觉的,她怕有男人偷窥。有一天夜里,她无意推开窗户,猛然看到窗户外有一个脑袋在看着她,她知道有男人在偷窥她了,从此她就把窗户用报纸糊死,不留一丝缝隙。

不知不觉她睡着了。

她没有听到机挂船"突突突"的声音。

这一只机挂船不是她哥哥的。

有两个家伙窜上了蛇岛，看到岛上有灯光亮着，就知道岛上有人。他们本来只想到岛上看看，现在他们走近了帐篷，眼前的一幕让他们惊呆了。

他们看到一个女人白白的胸脯，在煤油灯光里就像两个白白的馒头般诱人。

甲说："这个女人年纪不大。"

乙说："要不我们找她玩一玩？"

甲说："好！"

乙说："你脱下衣服蒙住她的眼睛，我来脱她的裤子。"

甲说："你蒙住她的眼睛，我来脱她的裤子。"

甲想先上。

乙说："好！"

陈秀萍沉睡着。这么满足而长久的睡眠，是源自身体深处的疲惫和心底对于这个荒岛的放松，她哪里知道一场突如其来的噩梦正从天而降。

两个家伙闯入了帐篷。

陈秀萍还没有醒来。

乙用衣服蒙住了她的头。

甲就拉她的裤子。

她醒了。

她挣扎着。

她的裤子被拉掉了。

甲就扑了上去。

她想叫喊，但她的头被衣服蒙住了。开始，她以为是在做梦，但头上罩着的衣服让她透不过气来，她这才反应过来，有人正在强奸她。

甲猛烈地抽动着，突然狂叫一声。

轮到乙上了，甲就去按住她的头。

两个歹徒丧心病狂，而陈秀萍被他俩折磨得死去活来了。

还没等乙发泄完，甲就松手逃到了帐篷外面。乙以为她会挣扎，但她身子却没动。他害怕她死了，连忙抓起裤子也逃出了帐篷。两人连忙跳上机挂船逃之夭夭。

被衣服长时间蒙住了头，致使陈秀萍无法正常呼吸，她一时休克了，过了十几分钟她才苏醒过来。她下意识地伸手一摸下身，那里面都是黏黏的肮脏物。

她是在睡梦里被两个男人轮奸的。

她听出两个男人是本地口音，但听不出他俩是熟人，还是陌生人。

她坐在席子上大哭起来。

而她的哭声被阳澄湖水浪拍岸的声音淹没了。

她等待天明。

她坐在帐篷里一夜没睡。

天亮了，她要去报案。

但她又犹豫了，她又不想去报案了。

她觉得这是很丢人的一件事，如果让村庄里的人知道自己在夜里被两个男人轮奸了，那以后自己还有什么脸面活着呢？而且自己刚刚开始的蛇岛之梦，很可能也会因此夭折。

她站立起来想走出帐篷，两腿却有点打晃。她知道，今天上午就有人到岛上整理地基，她不得不走出帐篷啊。她咬着牙走出了帐篷。就这样，她来到了湖边，看到湖面上远远地已有船只在游动了。

她脱光了衣服，慢慢地走入湖里。

她用湖水洗刷自己的身子。

她想让这个不幸随风而去。

这时候，她想起了村庄里的一件事，有个年轻的女人早晨去街上赶集，结果被五个小青年轮奸了。她跑回到家里哭诉，告诉丈夫她被人轮奸了，丈夫竟然对她大动肝火，用扁担打得她一只脚断了。她绝望了，当天她就跳河自杀了。

她想，这一件事她不会对任何人说。

大约早上七时半，陈金生开着机挂船将三个男人还有两个女人送到了岛上。这五个人是吕仁龙安排的。陈金生指着东面一块地对他们说："你们去整平那一块地，房子就是盖在那里。"

这五个人便分头劳作了。

陈金生看见陈秀萍愁容满面，问道："妹妹，你昨晚没有睡好吗？"

陈秀萍说："是没睡着。"

陈金生说："是一个人在岛上害怕吗？"

昨晚的事件是让陈秀萍心有余悸。

她说："是的，外面风很大，一个人住在这里是有点害怕。"

陈金生说："你一个人住在岛上，我也不放心，真的夜里我也睡不着。昨晚我还做了一个梦，梦见有强盗到岛上抢东西，结果强盗发现是一个荒岛，好像他们没有抢到什么东西。"

陈秀萍大为惊讶，问道："哥，你真的做了这样的梦吗？"

"我真做了这样的一个梦，但是不是你的小岛有点想不起来。"他看见她有点神色慌张，便问道，"妹妹，昨夜这里发生什么事了吗？"

陈秀萍一听，连忙摇头说："没有啊，蛮太平的。"

陈金生说："那就好，不过夜长梦多，我看你还是找一个人与你做伴。"

陈秀萍说："我刚离婚，现在不想找。"

陈金生说："我不是要你找伴侣，而是想让你找一个做伴的人，一块儿在岛上劳作与生活。这样晚上有一个人陪你，你就不感觉到孤单与害怕了。"

陈秀萍说："哥，你有合适的人吗？"

陈金生说："前天我遇见村主任，他说他家老五现在是单身汉，他抽得出身到岛上工作的。但我考虑他是男的，这样你们一男一女在这个岛上，可能会被村庄里的人说闲话。"

陈秀萍说："等盖好房子，我是要招几个男工，但现在招男工有点不太合适，主要是晚上睡觉不太方便，一个帐篷，我睡在里面，总不能再让一个无关的男人在里面睡觉吧。"

本来陈秀萍与吕仁龙讲好，这五个劳力的午饭由陈秀萍做的，但现在她感觉四肢无力，走路都摇摇晃晃的，哪里有体力做饭呀。她本想去湖里捉一些鱼，午饭让大伙儿吃鱼，但现在她一点力气都没有。

她只好望湖兴叹。

她求助哥哥陈金生，对他说："哥，可能昨晚我受凉了，现在我感觉头晕无力，做午饭我都没有力气，我想请你做一顿午饭。"

陈金生说："你身体不好要到医院看看的。你上机挂船，我送你去医院看看。"

陈秀萍说："应该问题不大，一般小病我都不找医生看的。"

陈金生说："要找医生看的，不能小病变大病，那样就麻烦大了。"

陈秀萍说："哥，看病的事我自己会解决的，今天的午饭请你做一下吧。"

陈金生说："这样吧，我送你去医院看看，顺便我去叫上你嫂子，让她来做午饭。她手脚快，做的饭肯定比我做的好吃，保证会让大伙儿满意。"

陈金生仍一个劲儿地要陈秀萍去医院看病。

陈秀萍说："哥，我说过了，我这一点小病不用看医生的。"

顿了一会儿，她又说："哥，那你就叫嫂子到岛上来做一顿午饭，另外叫她从街上买几斤猪肉过来，他们在做体力活，吃红烧肉就有力气干重活了。"

陈金生说："好，我马上就去接你嫂子过来。"

说完，他径直走到那五个正在干活的人面前大声地说："兄弟姐妹们，你们好好干活啊！现在我去买几斤猪肉，中午就做红烧肉给你们吃，让你们吃个过瘾。"

有人说："我想吃猪蹄髈。"

陈金生说："等房子上梁的时候就烧猪蹄髈给你吃，现在只做红烧肉。"

"你怎么现在就回来啦？"吕仁花看见陈金生突然回来了，她感觉有点奇怪，因为他出门时讲好今天就在蛇岛做生活，他说过什么地方也不去的。

陈金生说："秀萍夜里冻坏身子了，她感觉身子不舒服，她想请你去做一顿午饭。"

吕仁花说："姑娘人呢？"

陈金生说："我想送她去医院看病，她说什么也不去医院。"

吕仁花说："难得看到姑娘生病的，她自己说生病了，我看她这个病应该不会太轻。"

陈金生说："吃饭时间就要到了，那你就跟我走吧。我还要到街上去买几斤猪肉，不能耽搁时间了。"

吕仁花说："姑娘不是会在阳澄湖里抓鱼吗？"

陈金生说："刚才我对你说过了，我妹子感觉身体不舒服，

 蛇岛 ◇ ◇ ◇

她没有力气做饭，你说她哪有力气下河捉鱼呢？我看见她一脸憔悴，像是从氧气仓里出来的人，真是弱不禁风。"

吕仁花说："你身边有钱吗？"

陈金生说："买猪肉的钱有的，快走吧。"

吕仁花便坐上了机挂船，他俩先去街上买了一块猪肉，有五斤多重，然后陈金生将机挂船开得飞快，向蛇岛飞驰而去。

吕仁花说："如果姑娘真的生病了，这几天你就留在岛上吧，好让姑娘回到岸上来，让她就住在我们家里。"

陈金生说："你比我想得还要周到。"

吕仁花说："现在是姑娘最困苦的时期，如果你做哥哥的，如果我们娘家人不伸手拉她一把，那么她从困苦里走出来，那个时间会更长些的呀。"

陈金生说："世上只有妈妈好，我看应该改成世上只有嫂嫂好了。"

吕仁花腼腆地说："我没有你好！"

吃过午饭不久，村主任坐着一只机挂船来了。他是来看看小岛建设有没有动工，其实他还带着一点私心而来，就是想为他的兄弟老五与陈秀萍牵线搭桥。

陈金生看见村主任，连忙上前问好。

村主任问道："你妹子呢？"

陈金生说："昨夜她受凉了，身体感觉不舒服，午饭都没有吃。"

村主任说："你做哥的，开机挂船送她去医院看看啊！"

陈金生说："我好说歹说，可是她就是不想去医院，我也拿她没有什么办法。"

村主任说："你带我去看看你妹子。"

陈金生指着不远处的帐篷说："她就在那个帐篷里睡觉。"

村主任说："她可是像一个拼命三郎，如果她白天想睡觉，不想干活，那就说明她肯定太疲惫了。她是怎样一个女人，我还是比较了解的啊。"

两个人来到了帐篷门口。

陈金生叫道："妹子，村主任来看你了。"

陈秀萍横躺在席子上，一副有气无力的样子。此刻，她的耳朵一听见哥哥叫，好像是村主任来了，连忙坐在了席子上，理了一下衣服，然后揉揉眼睛道："哥，你们进来啊！"

这样，陈金生与村主任便走入了帐篷。

村主任问道："秀萍，你身体怎么啦？"

陈秀萍说："昨夜可能受凉哉，今天就感觉头重脚轻的。"

村主任说："有病就要去看，很多毛病不及时就诊的话，很有可能一般的小毛病会转变成大毛病的，所以需要特别地重视，千万不可粗心大意啊！"

陈秀萍说："我长这么大，没有去过几次医院，这点小毛病应该挺得住的。"

关于看病的话题，村主任想，至此为止吧。他知道，眼前这个女人认准了的事，你休想说得过她，她是不到黄河心不死。

他想，接下来应该与她讲讲他兄弟老五的事情了。

村主任看到岛上有这么多人在干活，问："这是平整土地种什么呢？"

陈秀萍说："准备在那一块地方盖五间房子。"

村主任说："你动作还蛮快的嘛。这些人是你叫来的吗？"

陈秀萍说："不是。是木匠吕仁龙叫来的，我与他讲好'双包'，所以这些人是他叫过来的。"

村主任说："房子是百年大计，加上这个房子盖在岛上，应该盖得牢固些，千万不要马虎，因为阳澄湖里暴风雨是家常便饭。如果房子盖得不好，真的容易屋顶都被大风掀掉的。"

陈秀萍说："我知道了。"

村主任向她看了一眼，说："听说你一个人住在这个岛上，夜里你不害怕吗？"

陈秀萍说："刚来的时候不怕，现在开始有点害怕。"

村主任又朝她看了一眼，说："你怎么现在有点害怕了？"

陈秀萍真想抽自己一记耳光，她感觉自己说漏嘴巴了。她对自己说，咬紧牙关不向任何人讲出昨夜之事。如果被村庄里的人知道了，那个风言风语真会杀了她。

她假装镇定自若地对村主任说："没错，我刚来的时候不害怕，那是初生牛犊不怕虎；现在反而有点害怕，毕竟这里是一个荒岛，一个人住在这里，有时夜里睡不着，想得多了便有点害怕了。"

村主任听她如此解释，对她说："你在我心里，还真是一个胆大的女人。像我这个男人，叫我一个人住在这个岛上，我还不敢哩，何况你是一个女同志。"

陈金生插嘴说："这个世界上'死赤佬'是没有的，'活赤佬'是有的。"

村主任说："是的，'死赤佬'不用怕，但'活赤佬'还是要提防着一点的。旧时候这个阳澄湖里经常出没强盗，现在是太平盛世，强盗没了，但坏人还是会有的；所以一个人住在这里，更要做好保护自己的工作。"

陈秀萍沉默着，她觉得村主任说得非常对，好像他知道自己被轮奸了似的。

村主任的目的就是劝说陈秀萍招他的兄弟老五到岛上来做工，至于他俩能不能走到一块儿，那当然还得靠缘分。但村主任认为，这第一步是非常重要的，他应该出面助他的兄弟一臂之力。

村主任对陈秀萍说："一个人住在岛上，你哥不放心，我做村主任的更是不放心，万一出一点问题，上级追究责任下来，是要追究到我头上的，或许上级会不让开发这个岛屿的。"

陈秀萍听他如此说，睁大了眼睛。

村主任接着说："我不是危言耸听。附近一个大湖上有个小岛承包给一个女人的，结果一天夜里那个女人被三个男人轮奸了，后来那个小岛的承包权就被上级收走了。你说那个女人可惜不可惜？"

陈秀萍想，自己幸好没有讲出被轮奸的事，如果讲了，这个小岛的承包权或许就被上级收走了。

她觉得这便是不幸之中的万幸了。

不过，她现在倒是开始佩服村主任了，他说的话句句说到自己的心坎里。或许听他的话没错，自己应该尽快招几个劳力到岛上来，一个是叫他们白天干活，另一个是夜里有他们在岛上，自己也就能睡个安稳觉，再不用提心吊胆了。

村主任说："有些事情等不得的，比如像招工这样的事，你就不能再等了，我看今天就要招个工人到岛上，因为你一个人在岛上出了什么事情，受苦的除了你，还有一个人便是我。"

陈秀萍说："我知道了，但暂时还没有合适的人选。"

村主任说："我的弟弟老五现在是一个人生活，他的人品也是不错的，如果你同意他到岛上来，我回去对他说一声便可以的。"

陈秀萍有些为难，她一时没有说话。

村主任说："你认为他是男人不好？但我告诉你，正因为他是男人才好呢，至少在这个无人的岛上，他作为男人，可以为你保驾护航，你说对吗？"

陈秀萍这才点了点头，说："对的！"

村主任拉了拉陈秀萍的衣服轻声说："私底下我有话对你说，走，我俩到那边去。"

他又对其他人说："你们忙自己的事情去，我与陈秀梅单独说说话儿。"

他将陈秀萍说成是陈秀梅，陈秀萍知道他这是口误，所以只是一笑了之。

然后，他向湖边走去，而陈秀萍就跟在他屁股后头。

其他人则在原地不动。

走了十几步，村主任回头说道："你听我的话，我不会给你吃酸白酒的。"

陈秀萍说："我当然听你的话。"

村主任站住了。

现在他与她面对面地站着。

村主任说："刚才我说叫老五到岛上来，你考虑清楚了没有？"

陈秀萍说："我可以答应他过来，但村里其他人会有看法的吧？"

村主任说："村里人会有什么看法？"

陈秀萍说："我一个女人在岛上，却叫一个男人跟着也来岛上，我想村庄里的人肯定要说闲话的，到时候我怕是跳进黄河里也洗不清了。"

村主任说："嘴巴长在别人身上，他们要说那是他们的事，但在这个荒岛上有个男人保护你，这对你来说可是一件性命攸关的大事啊！我觉得人身安全比什么都重要。"

陈秀萍低头不语。

村主任接着说："我向你打保票，如果老五为人不端，做事不好，你尽管对我说，你也可以立马叫他滚蛋，我一点儿也不会怪你。但我想你得给他一次机会吧，而且又不是把你说给他，你有什么前怕狼，后怕虎的呢？"

在村主任苦口婆心的劝慰下，陈秀萍勉强同意老五到小岛上来。

村主任对此表示满意。

村主任走了。

陈秀萍望着湖面上远去的机挂船若有所思。

这时，陈金生走了过来，说："村主任对你说了什么？"

陈秀萍说："他叫老五过来，我同意他了。"

说起老五，陈金生与他私交甚好，所以陈金生听了妹妹的话倒是并没有大惊小怪，他很平静地说："老五这个人为人不错的，比他这个阿哥，这个村主任还要好，主要是他为人老实，做活勤快。"

听哥哥这么说，陈秀萍脸上有些不好意思的表情了。

陈金生说："这样，你在岛上我有点儿放心了。"

陈秀萍说："他来岛上，我是怕别人会说闲话。"

陈金生说："这个你不用担心，你离婚了，他老婆生病死了，你们两个人在岛上，他们有什么话可以说你们呢？就是你自己要留神一点，总之自己要保护好自己，不要让对方有空子可钻。"

陈秀萍说："我知道了。"

陈金生说："对了，我想到一个问题，晚上你睡在帐篷里，那他睡在哪里呢？"

陈秀萍说："是啊，这是一个问题。"

陈金生想了想说："这样吧，现在我就在你帐篷旁边搭一个草棚，叫他住在草棚里。"

陈秀萍说："叫他住在帐篷里，我住草棚好了。"

陈金生说："这样也行，我把草棚搭得大一点，可以在里面放一张床铺。以后不住人了，可以当作鸡棚鸭棚的。这是一举两得的事情。"

陈秀萍觉得哥哥说得非常正确，就说："好，就把草棚搭得大一点。"

陈金生说："好，那现在我们就动手吧。"

他忽然想到妹妹身体不适，便又对她说："妹子，你就别动手了，我与你嫂子两人搭草棚就可以了。"

村主任一回到岸上就去找老五了，他要与老五落实好去岛上做工的事情。他来到老五家门口，却是铁将军把门。他就问邻居有没有看见老五。有邻居对他说，老五跟着建筑队在做小工，但哪个建筑队不太清楚。

他自然知道村庄里有哪几处在造房子。

村主任就来到了5组，果然在那个造房子工地，他找到了老五。

老五正在搬砖头，他的胸口敞开着，干得汗流浃背。

村主任对老五说："你过来，我与你说个事。"

老五放下砖头，拍拍手，走到他的跟前，说："有啥事呀？"

村主任说："刚才我与那个陈秀萍讲好了，她答应让你上她的岛去。你准备一下，明天就上岛去。"

"这是真的吗？"老五大为惊讶。

"我好说歹说，她才答应的。不过我丑话说在前头，你在岛上表现可得好些，不要做不好的事情，这样你没有面子，我也没有面子，反正你的言行要留神一点儿。"村主任说。

老五点头道："我会做好自己的，不会坍你的台。"

村主任说："你带些零用钱，带些换洗的衣服，其他吃的用的呀，都由陈秀萍准备。我对你说，尤其是晚上，你要留一个心眼儿，那是个前不着村，后不着店的小岛，或许有外人会闯入，这个你得提防着一点儿。"

老五说："我知道了。"

村主任说："做事情你得主动点，说不定时间一长，她做事情离不开你了，那你与她就有戏可唱了。记住我的一句话，心急吃不了热粥。你应该慢慢来，慢慢在工作与生活中培养两个人的感情，切不可乱开什么国际玩笑，那样会被她看不起的，那样你就没什么戏可唱了。"

老五又说了一句："我知道了。"

老五心里有一种说不清的高兴，他想：千年不遇的机会来了，我一定会抓住它。他突然问道："明天早上，我怎么去岛上呢？"

村主任说："我叫一只机挂船送你去岛上吧。"

夜里，陈秀萍把一把菜刀放在了枕边。

"他们胆敢再来，我就一刀劈死他们。"她想。

她不会放过他们。

这一夜，他们没来。

这一夜，陈秀萍也没有好好睡觉，外面一有点风吹草动，她马上被惊醒，真的是一朝被蛇咬，十年怕井绳啊！

明天，她就要把这个帐篷让给老五了。

而她搬到草棚里去住。

帐篷里不能放床，因为帐篷里的空间实在太小，所以她只能睡在席子上。这与睡在地上没有什么两样。而草棚里可以放床铺，她已叫哥哥去街上买一张小铁床了，这样她就有床铺可以睡觉了。

天亮了，她从帐篷里起来，觉得两腿仍然有点晃动。她被轮奸的阴影依然没有挥去。这就成了她的一块心病，或许时间会修复她内心的创伤。

早上七时半，陈金生的机挂船准时到达蛇岛。今天来了七个人，其中五个是男人，两个是女人。因为今天要挖地基了，所以来的男人居多，毕竟挖地基是体力活。而且这里的地里都是乱石，挖地基相当困难，陈金生是深有体会的，他的双手因为在这里挖粪坑都起血泡了。

嫂子吕仁花没有来，她的一个亲戚病故了，她要去送丧。陈金生想夜里去，因为白天有许多事情需要处理，实在走不开。

他问陈秀萍："今天身体好点了吗？"

陈秀萍说："好多了。"

陈金生说："嫂子不来，她一个亲戚走了，今天午饭你做得动吗？"

陈秀萍说:"做得动的。"

陈金生说:"那最好不过了,不然我想叫挖地基的人自己做饭了。"

兄妹俩说话的时候,又一只机挂船来了。

陈金生说:"估计是送建筑材料的,我过去看看是谁。"

他便走过去。

陈秀萍也跟着走过去。

陈金生说:"不像是送建筑材料的,这一只是空船。"

陈秀萍说:"可能是村主任叫过来的船。"

陈金生说:"有可能。"

陈秀萍有一种害羞的感觉。别的人到岛上来,她都没什么感觉,但老五过来,她却有一种微妙的感觉。村主任把他兄弟老五说得天花乱坠,她不能对他一点感觉也没有吧。

果然是老五。

机挂船靠岸了,老五跳到岸上,拉着船绳。陈金生见此,对他说:"我来拉船绳。"他便接过那一条船绳,老五则跳到船上开始搬东西了。

而陈秀萍则转身而去。

老五说:"老陈,刚才的女人是不是你妹子啊?"

陈金生说:"是的。"

老五说:"那她看见我为啥转身就走呢?"

陈金生说:"这几天她身体不太舒服,你看她走路都摇摇晃晃的。"

老五说:"呵,我以为她不愿意看见我呐!"

　　陈金生说："我妹子不是这样的人，她听说你过来还是蛮开心的。"

　　听他这么说，老五的心里掠过一阵喜悦。

　　这时，他的眼睛还是偷瞄着陈秀萍远去的背影。

　　"我的东西放哪里？"老五问道。

　　"搬到那个帐篷里去吧。"陈金生指着帐篷说。

　　于是，老五低头搬东西了。

　　陈金生也伸手帮他搬东西。

　　但陈秀萍的东西仍在帐篷里，因为那个铁床还没有买过来，还有草棚的地面砖头还没有铺设。这么说吧，就是那个草棚还没有全部完工。

　　此时，陈秀萍正在帐篷里。

　　老五不知道她在里面，所以他直闯了进去，这可把陈秀萍吓了一跳。而老五也紧张得不知所措，他不知道说什么好。这时，陈金生搬了东西也闯入了帐篷，他对老五说："你把东西放下，站着不动像木头人啊！"

　　陈秀萍一眼认出了老五，说："东西就放这里，我的东西要傍晚才可以搬走。"

　　老五放下东西没说话，又跑出去搬东西了。

　　陈金生说："你看，老五就是一个老实人，说话都不太会说的。"

　　陈秀萍说："他一声不响走进来，吓了我一跳。"

　　陈金生说："下午我叫他一块儿去街上，给你买一张铁床，还要去买一些粪桶、扁担等工具。"

陈秀萍说："哥，其他东西可以缓缓，但这一张铁床你一定要买到啊！"

陈金生说："哥办事，你放心。"

陈秀萍说："我当然放心！"

老五搬了东西又回到帐篷，陈金生对他说："晚上你就睡在帐篷里，我妹子则睡在那个草棚里。等那几间房子盖好，就都可以搬到房子里住的。现在你睡地铺，只好艰苦一点了。"

老五憨厚一笑说："我是苦出身，吃苦习惯的。"

老五来了，陈秀萍使唤他的第一件事，就是叫他一起去湖边倒鱼。

午饭准备一个菜，就是红烧湖鲜。

听说倒鱼，老五很乐意。

陈秀萍向湖边走去。

而老五不紧不慢地跟在她的后头。

本来这种事情陈秀萍自己可以做的，用不着使唤别人，但她由于受到惊吓，现在身子仍然虚弱，还没有恢复精气神。而小岛刚开发，很多事情需要她处理，她只好"轻伤不下火线"了。

陈秀萍弯腰从湖里摸到一条尼龙绳，对老五说："下面是一口鱼网，你拉好这边，我到那边去拉。"

她又从湖里摸出另一条尼龙绳，说："现在我俩一块儿拉。"

两人齐心协力，把这一口鱼网拉上了岸。

老五看见鱼网里有好多的鱼虾，竟然像一个孩子，高兴得直拍手。

陈秀萍说："这些鱼应该够中午吃了。"

老五说："这些都是野生鱼吧。"

"是啊，都是野生鱼。"

"生活在阳澄湖真好。"

"如果你想吃鱼，就每天这样倒鱼。"

"我天天想吃鱼，那我就天天倒鱼。"

"如果你运气好，还能捉到甲鱼哩。"

"甲鱼是野生的吗？"

"当然是野生的，而且阳澄湖水那么清澈，里面的鱼特别好吃。"

老五说："现在我到阳澄湖的岛上做工了，我感到很幸福，以后你叫我做啥，我就做啥。只是我文化水平不太高，你叫我记账之类我有点搞不明白，其他苦活啊重活啊，我倒是不怕做的。"

午饭很丰盛，陈秀萍做了一锅的阳澄湖鱼鲜，里面有鳜鱼、黑鱼、鲫鱼，还有河虾、螺蛳。

大家都说好吃。

那两个做小工的女人说："我们年纪活了一把，这么新鲜的阳澄湖鱼鲜还是第一次吃着哩。"

午饭后，陈金生便叫上老五，开船去街上买东西。

而陈秀萍则叫了一个男工，叫他铺草棚的地面砖头。那男工五十开外年纪，他一边铺砖头一边对陈秀萍说："你这个女人胆量比我们男人胆量还大，真的很有勇气。"

陈秀萍说："我是没有办法，是被生活逼的。"

"如果我是你男人，打死也不会与你离婚，像你这种有远见的女人打着灯笼也难找哇。"

"如果我男人像你这样勤勤恳恳地劳作，而不在外面瞎混，说什么我也不会与他离婚的。毕竟我们育有一个女儿，离婚对孩子总是一种伤害。但是没有办法，如果再继续相处下去，真的要出大事情的。"

"出什么大事情？"

"他今天与这个女人好，明天与那个女人好，'见花篮买花篮'，你说这样的男人破坏别人的家庭，被别人打死都有可能的。"

"现在这个社会不单是有的男人不好，有的女人也不好。有的女人还傍大款，只要有钱就认干爹，就与男人上床……"

他说的腔调像忧国忧民一样。

他又说："现在社会上流行一句话：男人有钱就变坏，女人变坏就有钱。"

陈秀萍说："问题是我前头这个男人他没有什么钱，也不愿意做工，但还是有女人会与他勾勾搭搭。这种事情你说也说不清楚，哎，苦啊！只好放手，他走他的阳关道，我走我的独木桥。"

他说："以后眼睛看看准，再找一个好男人。"

陈秀萍说："不找了，现在好男人绝种了。"

草棚的地面砖头铺好了，看上去草棚里整洁了许多。

而陈金生与老五还没有回来。

好在东西不多，草棚与帐篷又近在咫尺，陈秀萍将帐篷里自己的东西一一搬到了草棚里。现在草棚里就缺少一张铁床，所谓"万事俱备，只欠东风"。

今夜，她开始睡在草棚里了。

今夜，她不再是一个人住在岛上了。

陈秀萍想，不能将自己被两个男人轮奸的事说出来，但可以提醒一下老五，这个小岛夜里不是很太平的，极有可能有匪徒出没，睡觉时可要留个心眼，最好是枕头旁边放置一把铁锹，他们胆敢来犯，就叫他们脑袋吃一铁锹。

这时，有人来到了草棚，原来有个男工以为草棚是厕所。

陈秀萍对他说："厕所在湖的西边，是个小草棚。"

那个男工连声道："对不起，对不起，我眼睛看花了。"

其他做工的男人女人都在笑他。

他解手回到挖地基的工地，对他们说："你们有什么好笑的！我这个走错门又不是偷婆娘走错门，你们有什么大惊小怪的！"

有人说："我们以为你去讨老板娘的便宜呐！"

那男工说："你这样说，我是不会骂你的，但被她听见有你的好果子吃。"

其中有个女工说："你们两个男人是白眼狼，老板娘午饭烧给你们吃阳澄湖鱼鲜，真是烧给狗吃了。"

那男工说："我们可没说老板娘的坏话。"说完，他拿起铁锹一声不响开始挖地了。

下午三时三刻，陈金生开机挂船回到了蛇岛，同船回来的还有一个人，他就是老五。老五与陈秀萍一样，从现在开始就吃住在蛇岛了，可以称之为蛇岛"常住居民"。

当机挂船一靠岸，他俩就将一张铁床抬上了岸。

陈秀萍闻讯跑了过来。

她跳上机挂船，也要搬东西。

陈金生说："妹妹，就这一点东西，让我们来搬吧。"

老五也对她说："我们来搬吧，用不着你亲自动手的。"

陈秀萍说："大家一块儿搬，人多好吃饭，人多好干活啊。如果这一船东西叫一个人搬，那就不晓得要搬到什么时候了。"

陈金生问道："那些粪桶、铁锹什么的放在哪里？"

陈秀萍说："这些东西先放在我住的草棚里吧，等盖好这几间房子，可以将它们搬移到新盖的房子里。"

转眼她的草棚里已经放满了东西。

下午四时半，干活的人要下班了，陈金生用机挂船送他们回去。

机挂船走了。

本来蛮热闹的小岛一下子变得冷冷清清了。

现在蛇岛上只有两个人。一个是陈秀萍，她是蛇岛的主人；一个就是老五，他是岛主的帮工。

晚饭是陈秀萍做的，她做的是蛋炒饭。她看到岛上生长着许多野葱，所以蛋炒饭里她放了不少的野葱。

老五吃了两碗蛋炒饭，他说："好吃。"

陈秀萍说："你知道这个蛋炒饭里，我放了什么东西？"

他说："鸡蛋。"

陈秀萍说："鸡蛋是放了一个。我放了很多野葱。"

他说："怪不得这个蛋炒饭那么香啊！"

已是晚上十点过了，老五还没有睡着，他一点睡意也没有。他看到草棚里那个煤油灯仍然亮着。他想走过去看看她有没有睡觉，但怕吓着她，所以他没有迈出帐篷。

她听到了他的咳嗽声。

她走出了草棚。

她走到帐篷门口。

她说："你还没有睡着吗？"

他答应道："睡不着，可能是换了一个环境吧。"

她说："我也睡不着，要不你到我的草棚里，我们说会儿话吧。"

他当然求之不得。

他赤膊走出帐篷，但他立马发觉自己不够文明，在一个尚属年轻的女人面前怎么可以赤膊呢？于是他返身回到帐篷，取了一件衬衣穿在了身上。

他跟着她走进了草棚。

她说："这几天条件确实艰苦些。过几天房子盖好了，我们就可以搬到房子里住，你也不用睡在帐篷里了。我刚到岛上那天夜里正好下雨，我睡在帐篷里可真是受苦啊！"

"你辛苦了！"他说，"到时你还要招人吗？"

"要啊。我要在岛上开挖鱼池，要办养猪场，要办养鸡场，还要种菜，还要种树种花种葡萄，所以还需要不少的帮工。"

"那就这几间房子也不够住啊！"

"到啥山砍啥柴，到时再可以盖房子的嘛。"

老五感觉出她是一个有抱负的女人，他说："我跟定你了，相信这个小岛的明天会越来越美好！"

老五与陈秀萍谈天说地，这样他在草棚里待了一会儿。他却是小心翼翼的样子，而且他怕影响陈秀萍睡觉，故此时他的心情略有些紧张。他想，她明天有很多事情需要处理，不能聊下去了。所以，他对她说："你睡觉吧。如果你不睡觉，明天要没有精神的，现在我感觉有点困了。"

他缓缓地要往外走。

他的这一举动让陈秀萍对他的好感油然而生。她感觉出，他是一个规规矩矩的老实男人，与自己的前夫真是一个天上，一个地下。

她说："不碍事，让我早睡的话，我也睡不着。"

她说她睡不着，一个重要的原因就是几天前她被两个男人轮奸了。这一种耻辱，她一辈子忘不了。

这是一个她不愿再提及的故事。

当然，她是不会让老五知道这一件事情的。

老五说："你承包这个岛应该花不少钱吧？"

陈秀萍说："我身边也没有多少钱，所以只好伸手向亲朋好友借贷，以后再慢慢地还给他们呗。"

"都是高利贷吗？"

"那倒不是，利息没高利贷那么高，当然比银行存款利息高一点儿。"

"你敢作敢为。"

"我是摸着石头过河。"

现在的陈秀萍，也只能这么说。她接着又说："现在我要在这个岛上投资好几十万元，不知道何年何月才能收回成本。但我相信付出总有回报的，只要自己努力了，就可以让自己问心无愧！"

时间像流星一样飞逝，两个人聊天居然很是投机，不知不觉已过夜里十二时了。

陈秀萍看看手腕上的手表，说："哎哟，不早了，快睡觉去吧。"

老五说："好，我走了。"

"如果我这里有大的响声，你要跑过来看我的。"

老五一时没听懂她的话。

他问道："你让我跑过来看什么？"

"我是说如果我住的草棚里发出很大的声音，就是只有一种可能，就是有强盗来了，所以你要第一时间跑过来看我。刚才我说的话就是这个意思，你听明白了吗？"

"我明白了。"

"好，你睡觉去吧。"

"再见！"

"好，明天见。"

老五弯腰走出了草棚，因为草棚的竹门比较低矮。

而陈秀萍再也不敢赤膊睡觉了。如果自己赤膊睡觉被老五看见，那多么难为情啊！就这样，她没有脱衬衣睡在小铁床上，只是脱去了长裤，穿了一条红短裤。

草棚里的煤油灯一直亮着。

而帐篷里一团漆黑。

老五在帐篷里的席子上辗转反侧。自从一年前他的妻子走了之后，他再也没有碰过女人的身子，而现在突然与陈秀萍在这个岛屿相遇了，他心里翻腾起一股巨大的浪涛，就像阳澄湖的浪涛那么汹涌澎湃。

他盼望来一场暴风雨，或许暴风雨来了，她又会叫他过去，这样他们又能待在一个屋子里了。

第二天早晨六时半，吃着陈秀萍做的米饼，老五心里美滋滋的，那一种感觉没法说。而他感觉出，她是一个非常能干的女人，她做的米饼也是相当考究，相当好吃的。只是他吃了两个米饼就不吃了，陈秀萍说："米饼不好吃吗？"

"好吃啊。"

"那你怎么只吃了两个就不吃了呢？"

"我多吃了，你还有吗？"

"米饼我做得很多，你吃得下几个就吃好了。"

老五又伸手抓过一个米饼吃了起来，说："这米饼真好吃，真的打耳光都不舍得丢弃这个米饼的。"

他又一连吃了三个米饼。

陈秀萍说："以后，我们在岛上自己种植芝麻，我想种好几亩芝麻。如果在这个米饼里放入一点儿芝麻，或者放入一点儿芝麻糊，那米饼的味道更是会好上加好哉。"

老五说："你说得我口水都流了下来。"

"你带好几个米饼在身上，等会儿如果做活累了饿了，你就拿出来吃。"

"现在吃了就够哉。"

陈秀萍觉得他是一个并不贪心的男人。

现在，她对他越来越有好感了。

老五虽说不要带米饼，但陈秀萍硬是塞到他手里两个米饼。她说："你听我的话，这两个米饼你带在身上，若肚子饿了可以随时拿出来吃的呀。"

老五说："你比我母亲对我还要好。"

"怎么会？"陈秀萍猛然挺了挺胸脯说。

半个月后，五间房子盖好了。当天，陈秀萍就搬到最东面一间屋，而她安排老五住在东面第二间。老五却不太愿意，说："我就住在你那个草棚里吧。"

"不是讲好盖好房子都搬进去住吗？"

"你还要招其他人的，可以叫其他人住。"

"一间屋子可以放三四张床铺，可以住三四个人的，你就搬过来吧。"

"你一个女的，我一个男的住在你隔壁，我怕人家说坏你。"

原来是这样啊。

陈秀萍一下子明白了他的心思，原来他不想搬到新房子里住，不是为他自己着想——他也不贪图享乐，而是在为她着想，把她的利益放在第一位。像这样憨厚的男人住在隔壁则更能让自己安心，她就对他说："你不是讲要听我的话吗？我叫你搬到新房子里住，你怎么不听我的话呢？"

"我想这个屋子你可以放东西的，以后再盖了房子，我就搬过去。"

"不行，你现在就搬。"陈秀萍说，"我住过的那个草棚，我要养鸡的，你住进去了，我养鸡就没有地方了。"

老五听她说草棚要养鸡，当下就答应搬到新房子里住了。

他说："那个草棚外面可以做一圈篱笆，这样就可以饲养更多的鸡。"

陈秀萍说："对，这几天我们就弄一圈篱笆，现在是捉小鸡的时候。"

因为秋天来了。

秋天是养鸡养鸭的季节。

老五说："你只要讲篱笆怎么弄，我一个人来做好了，反正这个岛上树枝啊竹子啊多的是，做篱笆的材料不是问题。"

"好，现在天色已晚，明天上午我们去看看篱笆怎么弄。"陈秀萍说，"现在你的头等大事就是把你的东西搬过来。"

蛇岛还没有通电，所以屋子里还没有电灯。

陈秀萍有点儿不安，她忘记关照哥哥去街上买东西的时候买煤油灯了。现在只有一只煤油灯，她看到他屋子里漆黑一片，便站在他的屋子门口对他说："老五，你出来一下。"

"好的。"

"我忘记买煤油灯了，要不这样，你拿我屋子里的煤油灯先用，你用好后想睡觉了，你把煤油灯再给我。"

"我已经用好了。"

"那我就不客气了。"陈秀萍说，"这个岛上没有电不行，我想自发电，所以想买一套发电的设备。"

老五说："买一套发电的设备那可得花不少钱。"

"是啊，但不买这个发电的设备就没有电呀。"

"哦……以后鱼池里要安置水泵也需要用电的，现在没有电还能应付过去。"

"对了，明天上午我们看看怎么弄那一圈篱笆，还要看看在哪里挖一个鱼池。有了鱼池，捉到的阳澄湖里的鱼就可以寄存在里面了。"

"这个很好。"

而老五的脑子里也开始考虑发电的事情，他想到了自己的哥哥，就是村主任，何不找他去呢？叫他拉一根电线到岛上，蛇岛就可以通电了啊。

他兴奋地一拍大腿，说："有了！"

"什么有了？"

"明天我就找我的阿哥去，我叫他拉一根电线到岛上来。"

陈秀萍一脸意外地眨着眼："你哥会答应吗？"

老五说："那我也得试试。"

本来讲好第二天上午要看怎么弄篱笆，还有看鱼池挖在哪里的，现在这两件事只好先放一放了，因为要先把电的问题解决了再说，陈秀萍想。所以，第二天一早起来后，陈秀萍就在窗户外对老五说："老五，我摇船把你送到对岸去，你去找你阿哥，求求他，让蛇岛通电。"

"好的。"老五答应得很爽快。

陈秀萍摇船，将他送到了岸上。

上岸时，他说："你一块儿去吗？"

陈秀萍说："我去街上买些日常用品，到了岛上还没有上过街呢？"

"那我到哪里找你？"

"还是在这里吧。"

"如果碰巧找到我哥的话，我有一个小时就够了。"

"谁先办好事情，谁就在这里等。"

"好的。"

老五走了。

而陈秀萍一个人摇船去街上了。

当老五找到他阿哥时，村主任有点儿吃惊。村主任说："你怎么一早回来啦？"

老五说："阿哥，我来求你一件事，请你帮忙。"

"什么事？"

"小岛没有电，夜里漆黑一团，什么事情也做不了。"

村主任说："蛇岛通电是村里明年要办的一桩事情，眼前村里资金也是很紧张的，所以暂时还不会考虑这一件事。对了，我问你，在蛇岛还可以吗？"

老五说："还可以。"

村主任说："那个女人对你态度好不好？"

"好！"老五说，"她对我很好的！"

"怎么一个好法？"村主任问道，他是打破砂锅问到底。

"她吃什么，我就吃什么。"老五说。

"还有呢？"

"我想住在草棚里，可她不让，非得让我搬到她的隔壁房间住。"

"还有呢？"

"反正我感觉她把我当作自己人了。"

"很好。我对你说，陈秀萍这个女人不错的，你也是一个老实人，我看你俩是蛮好的一对。但我想啊，你是男人，在这个方面，做男人的还是要主动一点儿，女人嘛总是心里有话也不太会讲出来的。"

"阿哥，你看这个通电的事，你能否抓紧一点办了。"

老五想转移话题。

"这样说吧，你回去对陈秀萍说，我阿哥对我很关心，他说看在老五的面上，他会想法子尽快拉一条电线到蛇岛的。

主要还是怕村里群众说闲话，有些事情急不得的，要慢慢来啊，同时要做得光明磊落，你说对不对？"

"阿哥，你做干部的就是比我看问题全面，不像我看问题浮在表面一层，把好事办成坏事。"老五说。他想说自己是"鼠目寸光"，但他一时想不起这个词。

"你回去在她面前各方面表现好一点，就是表现主动一点。现在陈秀萍这个女人刚承包这个岛，应该说是个困难时期，你可得抓住这个机会，与她好好培养一下感情，我想你们两人最后是可以走到一块儿的。"

"我知道。"

"还有，舍不得孩子套不住狼，你该花的钱就得花，你明白我的话吗？"

"我明白。"

顿了一会儿，老五又说："阿哥，那个通电的事你可得抓紧啊！不然我回去无法交代！"

村主任真是一个雷厉风行的人，他说干就干。当天下午，他就召集村干部开会研究蛇岛通电之事。

村主任在会上说："蛇岛是一个荒岛，现在村民陈秀萍承包这个小岛了，这是一件大好事。本来蛇岛有近二百亩那么大，现在阳澄湖的水浪侵袭，今天的蛇岛只剩五十来亩了，如果现在没有人去承包，没有人去加固堤岸，我看要不了几年，蛇岛就会在阳澄湖里消失。一旦消失就没有了，这便也是我们村里的一个重大损失。"

他喝了一口茶。

他接着说："陈秀萍是个女同志，她有勇气承包这个荒岛，我看是难能可贵的，我看我们的一些男同志都不如她。你一个男人敢一个人住在那个猫都不拉屎的荒岛上吗？我看，你不敢，当然，我也不敢。但陈秀萍却闯过了这一关，现在她在岛上的几间房子已经盖好了，她准备在蛇岛大干一场，她想把蛇岛建成我们阳澄湖里最美的小岛。我们村里也应该为此做出一些努力，支持她把蛇岛建设好，你们说是不是？"

"是的！"

"是的！"

"是的！"

在座的几名村干部纷纷如是说。

村主任又说："现在蛇岛还没有通电，这将制约蛇岛的建设与发展，我的看法是尽快让蛇岛通电，一个是为承包人解决用电问题，二个这也是村里今年办的一桩实事，也可以纳入村里办实事的项目里去。我说了这么多，大家谈谈看法吧。"

"我看蛮好。"

"这个女人不容易。"

"我赞成主任的意见。"

"主任讲得很到位了，让蛇岛通电就是为民办实事。"

在座的几名村干部都为让蛇岛通电而叫好。最后，村主任说："那我就联系电力公司了，请他们尽快施工，让蛇岛早一天通电，让蛇岛早日成为阳澄湖里的一颗明珠。"

　　见过哥哥之后，老五没有去别的地方，他急忙回到与陈秀萍约定的地方，但他并没有看见她的小船。他坐在码头上，看着湖面上船来船往。不知道为什么，他的心里好像有一种与恋人约会的感觉。

　　他感觉自己心跳得厉害。

　　他在那里等了一个多小时，陈秀萍的船才出现。

　　她招呼他上船。

　　他跳上了船头。

　　她说："你坐好！"

　　她一边摇船一边说："刚才去街上转了转，买了不少东西，你看我买的东西杂七杂八的都有半个船舱了，让你久等了吧？"

　　他"嘿嘿"一笑，说："没事。如果我知道你在哪儿，我就找你去了。但我不知道你在哪儿，所以我就只好在这里等了。即使等到天黑也没有什么关系，只要你来接我就好了。"

　　"我当然要来接你的呀！"

　　"那你到天黑来，我也会等在这里的。"

　　"你找到村主任了吗？"

　　"找到了，我哥说让蛇岛通电是村里明年的一件实事。"

　　"那么这个通电要拖到明年才能解决吗？"

　　"我求他现在就办，他说那也得等村干部开会研究后才能决定。"

"看来，让蛇岛通电有一点难度。"

"我哥说过几天他会给我答复的，到时我再去找找他，他不看佛面也要看僧面吧，我想这一件事他一定会放在心上的，就让我们等上几天再说吧。"

"也只能这样了。"

陈秀萍摇船的速度有点慢下来了，因为通电的事还没有着落，她的神情有些凝重。

小船悠悠，在阳澄湖里前行着，两个人回到了蛇岛。

快到午饭时间了，陈秀萍问老五："你中午想吃点什么？"

老五说："随便。"

陈秀萍说："那还有点冷饭拿来我热一下，就做蛋炒饭吧，你去摘一把野葱。"

"好的。"他答应着，跑到外面摘野葱去了。

而她感觉自己这阵子胃口不好，看见食物一点食欲也没有，而且吃了东西还想呕吐。她想是不是犯胃病了。当然，这是不能让老五知道的事。

他摘了一篮子野葱。

她说："你摘的野葱太多了。"

他说："反正地里野葱多着呐，不摘它也是白白地老去。"

"这野葱可是能卖钱的。"

"卖给谁呀？"

"可以卖给面包房的人，他们做面包需要很多葱的，我看这些野葱比自己种植的葱更有营养价值。"

"那我去摘野葱，你拿去卖。外面地里真的到处有野葱，我看一时也摘不完。"

"算了，还有更重要的事情需要我们做哩！"

十几分钟后，蛋炒饭做好了。

陈秀萍打了一碗蛋炒饭端给老五，说："你吃吧。"

老五说："你的呢？"

陈秀萍说："我不饿，现在不想吃，你吃吧。"

"我分一半给你。"

"不用。如果你不饱，我这里还有几罐八宝粥，你拿去吃。"

"这一碗蛋炒饭已经够了。"

他们如此"相敬如宾"，不知道的人还以为他俩是一对相亲相爱的夫妻呐！只是小岛上只有他与她，还没有第三个人哩。

午饭后，他俩稍作休息，老五一个人在屋子里打盹，而陈秀萍独自在岛上转了一圈。她回到屋子里叫老五，叫他去看岛，一个是看如何弄篱笆，一个是看鱼池挖在哪里。她知道，一切才刚开始，任重而道远。

老五关切地问："你吃饭了没有？"

陈秀萍说："吃了。"

"吃的是啥？"

"八宝粥。"

其实，她并没有吃饭，为了让他放心，所以她才这么回答，也算是急中生智了。不过，看着老五这么关心自己，陈秀萍的眼圈有些红了。

两个人一前一后走向那个草棚，眼下草棚里堆满了杂物。

陈秀萍说："把这些东西搬出来。这几天我就要去街上捉小鸡，这个做鸡棚蛮好的。"

老五说："好的，这些杂物搬到哪里？"

她说："搬在外面空地上，到时我去买一块篷布盖一下。"

老五说："我知道了，这个任务你交给我吧。"

她说："那看好在哪里挖鱼池，你就来搬东西。"

两个人又向小岛西边走去。

陈秀萍指着西边说："那里有个小潭潭，我想就在那个小潭潭的位置挖一个鱼池，你看行不行？"

老五说："去看看小潭潭再说。"

两人来到了小潭潭。因为这一阵子雨水不断，所以小潭潭里有积水。还有几只青蛙在小潭潭里出没。老五兴奋地说："我去拿鱼网来，捉青蛙烧来吃。"

陈秀萍说："我可不许你捉青蛙，吃青蛙要被讨命的。"她没说青蛙是益虫，它吃害虫这个大道理。而老五当即表示，他就不捉青蛙了，以后就不吃青蛙肉了。

最后两人商量下来，觉得在这个小潭潭周围挖一个鱼池是最合适的。陈秀萍说："鱼池有个七八亩大就可以了，挖出来的土可以盖在岛上，可以在上面种菜的。"

老五以为陈秀萍叫他一个人挖鱼池，所以他对她说："挖鱼池还得买些工具，比如箩筐，比如锋利的铲子，还比如扁担什么的。你看，有时间我们去街上买？"

陈秀萍说："你想挖鱼池吗？"

"我不挖，你叫谁挖呢？"

"你一个人挖要挖到何年何月呢？"

"像愚公移山，每天挖土不止，一座山都能挖通的。"老五说。他是对自己有信心的，几年前他就给人家挖过鱼池，所以他对挖鱼池还是有一点经验的。

"不能让你累垮了，岛上有许多事情需要你做。"

"那这个鱼池怎么办？"

"我找人挖啊！"

"那你可又得花钱了。"

"花钱的地方很多，有些事情只能一边挣钱一边做，但这个鱼池等不了，我认为早挖鱼池就早得益。你知道吗，我这个鱼池里的鱼是正宗的阳澄湖鱼，拿到外面出售很快会卖光的。"

"有道理。你现在有挖鱼池的人吗？"

陈秀萍说："还没有。"

老五说："我的那些兄弟都是挖鱼池的能手，我可以去找找他们。如果多叫几个人，我想一个七八亩大的鱼池要不了一个星期就能挖成的。"

"好的，这个挖鱼池的事就由你负责。"她说，"挖成鱼池，我会奖励你的。"

他听了她的话很惊讶，说："你拿什么奖励我呀？"

她说："现在不告诉你！"

下午二时许，陈金生突然开着机挂船来到了蛇岛。这回，他带来了一个十分喜人的消息，就是村里同意蛇岛通电了，过几天电力公司就派人员给蛇岛拉电线。

"哥，你这个消息是哪里来的？"

"是村主任对我说的，他要我转告你。"

"那我要花钱吗？"

"不要的，铺路架线都不要我们老百姓掏钱。我刚得到这个消息就来通知你了，让你也早点高兴！"

"你代我谢谢村主任！"

"妹子，我看你还要感谢一个人。"

"谁？"其实这是陈秀萍明知故问了，她心里完全清楚，蛇岛能够通电，她当第一个要感谢的人便是老五，没有他出马向他哥哥求情，村里是不会这么快就把电送上蛇岛的。

现在有两个人在促成陈秀萍的再婚，一个人是村主任，另一个人就是陈金生。他俩好像红娘一样，在为陈秀萍和老五牵线搭桥。

陈金生笑嘻嘻地说："谁还用我说吗？"

陈秀萍也笑嘻嘻地说："哥，你也拿你妹妹开玩笑，我可对他没有什么意思啊！"

陈金生说："好好好，你们俩的事我不管。你有什么事需要我做的，你就对哥说一声，哥是希望你生活与事业双丰收！"

陈秀萍说："对了，我想挖一个鱼池……"

陈金生以为要让自己找人，便打断陈秀萍，说："这个你不用找我的。老五就干过挖鱼池的活儿，他应该认识好多这样的人，你找他，挖鱼池的事就搞定了。他搞不定那我再去找人。"

陈秀萍望着哥哥饱经风霜的脸，说："哥，我这样麻烦你，你不会讨厌我吧。"

陈金生哈哈大笑："你是我亲妹妹，老话说长兄如父，关心妹妹是我这做哥哥的责任啊！"

时针指向下午三时。陈秀萍想，蛇岛至岸上来回一趟需要个把钟头，现在让老五上岸一趟找挖鱼池的人，应该讲是来得及的，所以她对陈金生说："哥，我叫老五跟你回去，让他去找些挖鱼池的人。他办好事了，你再送他回来。"

陈金生看了一眼手表，说："我看时间蛮紧张哉。你叫老五到岸上找人，那些人不一定在家里，他要一个个找起来，一个个落实下来，我看没有半天时间是搞不定的。"

"你的意思是今天来不及了。"

"是的，除非让老五住在岸上，或者让他晚点回来。"

"如果让他晚点回来，那还得你夜里开船送他过来。"

"这个没有问题，夜里不管到几点，我负责开船送他回来。"

"那我问问老五，看他是什么想法。"

"他人呢？"

"他在那边扎篱笆。"

"找他去。"

兄妹俩便找老五去了。一个人若把他人的事当作自己的事，那么做起来肯定用心与投入。老五把扎篱笆的事视作自己的事，所以他全身心地在扎篱笆，兄妹俩走到他面前，他都没有察觉。

"老五，我哥找你来了。"陈秀萍唤道。

老五猛地抬起头，说："啊，你们来啦！这个岛上风大，我都没有听到你们的脚步声。"

陈秀萍说："老五，告诉你一件好事，村里同意给我们蛇岛通电啦，过几天就要来拉线了！我哥今天过来就是特地告诉我这一件事的，真的让人喜出望外。"

老五一听她的话，可高兴了，他说："这么快就拉电线过来，我真的没想到。"

陈金生没与老五说什么客套话，他开门见山说："老五，我现在开船回岸上，我妹子说你要联系挖鱼池的人，那你现在要不要跟我去岸上？"

老五说："现在都下午了，三点多钟了，我跟你去岸上，到时你送我回来吗？"

陈金生说："我可以开船送你回来。"

老五说："那我可以跟你去岸上。"

陈金生抬头望了一眼陈秀萍，说："老五说跟我回岸上，那就让他走一趟吧，等到他落实好挖鱼池的人，我负责送他回到岛上。"

陈秀萍说："那你们就动身吧，早去早回。"

陈金生便抬腿向湖边走去。

陈秀萍向老五交代道："老五，你找挖鱼池的人，找到他们的'头头'就可以了，然后由'头头'去落实具体的人。"

老五说："是的，我去找3组的祥龙，他现在是挖鱼池小队的队长，而且他与我关系比较好，我与他比较好讲话，主要这个人讲道理，讲义气，做事不与别人斤斤计较的。"

陈秀萍说："我听说过这个人，他外面名气是蛮好的，那你就去找他吧。"

湖边机挂船已经在"突突突"地叫着了。

陈秀萍催促道："我哥在等你了。"

老五说："那我走了！等我联系好人，我就叫你哥送我回来。"

陈秀萍说："我等你回来！"

一声"我等你回来"，让老五激动得都说不出话来了。

陈秀萍将他送到湖边。

机挂船靠岸了，老五纵身一跳就上了岸，大步流星地向3组走去，他想早点办好事，早点回到岛上去。他知道，她在等他回去。

在半路上，他与陈金生的阿舅吕仁龙不期而遇。

吕仁龙说："老五，好久不见，你一直都在蛇岛？现在你急匆匆地，到哪里去？"

老五说："是仁龙啊。我一直在岛上帮工，今天我回来是想找几个挖鱼池的人。现在我去找祥龙，他手下应该有一支挖鱼池的队伍吧？"

吕仁龙说："祥龙的腰摔伤半个多月了，你找他挖鱼池，除非他要钱不要命了。"

老五说："那我也得去看看他吧，平常我与他关系也是不错的。"

吕仁龙说："你去看看他没有问题，但你想找他挖鱼池那就有大问题了。"

老五说："那我就找别人挖鱼池，但一时也不知道找谁。"

吕仁龙说："你找我就可以了。"

"你不是负责盖房子吗？"

"盖房子我要做的，挖鱼池我也要做的，我手下有这样那样的施工队。"

"你不会是逗我吧？"

"我告诉你，蛇岛五间房子是我盖的，挖一口鱼池对我来说就是家常便饭。"

"那陈秀萍叫我找挖鱼池的人，她没有提起过你呀。"

"她也没问过我啊。我与她是亲戚，这个盖房子我没有挣她钱，这个挖鱼池我也不想挣她的钱，都是抬头不见低头见，在她身上赚钱从良心上讲说不过去的。"

"那我不去找别人了，挖鱼池就找你了，不过具体如何结算你还得与秀萍洽谈。"

"好，明天我抽空去岛上一趟。"

这真是：踏破铁鞋无觅处，得来全不费工夫。

老五便转身找陈金生去了，他是归心似箭，恨不得一脚就踏上蛇岛……

此时已是傍晚五时出头了，老五想现在去陈金生家，他一家人肯定在吃晚饭，或者在准备晚饭，自己这时过去找他，肯定要被他们拉住吃晚饭，那就难为情了。他知道，陈金生夫妻是特别热情好客的人。

不行，得先吃了晚饭才去找他。

但要命的是他身上竟然一分钱也没有，他路过一家面店，只能在门口东张西望。他责怪自己，出门的时候为啥不随身带一点儿钱呢？

他只好硬着头皮去陈金生家。

"如果陈金生问吃过晚饭没有，那就告诉他，自己吃过了。"老五如是想。他宁愿饿肚子回去，也不愿意在别人家吃饭。他就是这样一个认死理的人。

果然陈金生一家围坐在一块儿在吃晚饭。

吕仁花看见老五来了，连忙招呼他吃晚饭。老五连连摆手道："我吃过了，我吃过了。"

吕仁花说："你在哪里吃的？"

老五说："我经过一家面店，吃了一碗排骨面。"

他说得跟真的一样。

吕仁花便倒了一杯开水给他，说："你喝水，让金生吃好晚饭送你去岛上。"

老五说："真不好意思麻烦你们。"

吕仁花笑嘻嘻说："都快是一家人了，不要说见外的话了。"

然后，吕仁花回到桌子旁，她又拿起了饭碗继续吃饭。她捧着饭碗来到老五的面前，说："你看，你把我与金生当外人看了。今天我杀了一只小草鸡，这个鸡汤没放味精就鲜得眉毛都要掉光哉！对了，你这样一个大身体吃一碗面肯定肚子不饱的，我来夹一只鸡腿给你吃。"

说完，她放下饭碗就在鸡汤里拉了一只鸡腿，然后将鸡腿递给老五。

他摆手道："我不吃，我不吃。"

他坐在凳子上，身体一仰，险些跌倒。最后，老五接过那一只鸡腿便啃了起来。

吃着鲜嫩的草鸡腿，老五有点儿摇头晃脑。而吕仁花又把另一只鸡腿递给老五。他摆手道："好了，真的好了，你们一只草鸡都要被我吃光哉。"

吕仁花说："那我舀一碗鸡汤给你喝。"

老五双手抹着嘴巴说："不喝了，不喝了，你这样客气，我要到外面去了。"

他真的站立了起来。

吕仁花说："那我不舀鸡汤给你了，你坐一会儿，等金生吃好就送你上岛去。如果你们肯等我洗好碗，那我跟你们一块儿去。"

陈金生说话了，他对吕仁花说："你一天做活儿不累啊？

你早点睡觉吧，我送老五到岛上，我也就要走的。"

老五也对她说："嫂子，你一天辛辛苦苦的，你就不要去岛上了。"

吕仁花有点儿不高兴了。

她对陈金生说："真是狗咬吕洞宾——不识好人心。我一片好心好意，你想啊，你妹子在岛上，我做嫂子的想到岛上去看看她，你竟然这种态度对待我，真的蛮气人的。"

陈金生说："我是好心好意劝你早点休息，你也是狗咬吕洞宾——不识好人心。"

老五也觉得吕仁花显然误会了她丈夫的好意，但他们夫妻之间的事，他不便说什么，所以此时他保持沉默。陈金生突然一拍大腿说："老五，刚才我忘记问你了，挖鱼池的事你与祥龙谈得怎样了呢？你讲讲看。"陈金生想，这么重要的事情怎么刚才会忘记问呢？

老五说："在路上我碰到了仁龙，挖鱼池的事他说可以找他的，明天他会自己到蛇岛当面和秀萍洽谈的。"

"哪个仁龙？"吕仁花问，因为村庄里有几个人叫"仁龙""成龙""申龙"等的。

"就是你哥哥啊！"老五回答吕仁花，又接着说，"仁龙对我说，他不仅包盖房子，还包挖鱼池，他手下有好几个施工队的。他还说蛇岛几间房子都是他盖的，挖鱼池不在话下。"

吕仁花却叹一口气，说："我哥盖房子都来不及，他哪有时间派人挖鱼池呢？我有点搞不明白。"

陈金生说："你这个担心多余的。有道是没有金刚钻，不揽瓷器活。你哥如果没有人挖鱼池，他不会这么主动要求做的；或许你求他挖鱼池，他还会坐在鸟架子上——摆足架子呐。"

吕仁花问老五："你是求我哥挖鱼池，还是他主动要求挖鱼池的？"

老五说："我本想找3组的祥龙挖鱼池，但仁龙说祥龙腰摔伤了，哪能挖鱼池呢？仁龙对我说，他不仅盖房子还挖鱼池，所以我就没去找祥龙。明天上午仁龙会到蛇岛与秀萍谈谈的。"

其实，这些话老五都对他们说过了，他这一次是重复说了。

陈金生说："我觉得仁龙愿意挖鱼池，这个心意很好。仁龙是我的阿舅，秀萍是我的妹子，妹子要挖鱼池，仁龙能挖鱼池，我看这钱没有落入别人的口袋，还是浑水不落外浜。"

老五对陈金生说："你说得一点没错，浑水不落外浜，彼此都是自己人，好比一件衣服左边口袋里的钱放到右边口袋里了，这不还是自己人的钱嘛。"

陈金生饭碗一搁，道："走，我饭吃好哉。"

他站直身子，拍拍屁股，又对老五说："可能机头没有柴油了，我要抽一桶柴油，你再等我一会儿。"

陈金生走出了大门。

吕仁花走到老五跟前轻轻地问道："你与姑娘关系进展得怎样啦？你对我说，我不会说给别人听的。"

老五双手一推说："我们就是一块儿干活，有时也会说说话。"

"你们没有拥抱什么的吗？"

"真没有！"

"你想抱她吗？"

"有点想。"

"那你加油啊！"

吕仁花还想与老五说几句话，这时陈金生在门外叫了，老五便径直走出了大门，并快步向湖边走去。吕仁花紧随其后，她对老五说："老五，有空来我家'白相'*啊。"

老五仿佛没有听见她说话，他并没有回头。

陈金生提着尼龙桶在往机头里倒柴油。

老五说："要不要我帮你？"

陈金生说："不用，你解开船绳，我们马上就走。"

老五上岸头解开了船绳，然后他又跳到了船头上。

机挂船已发响了。

陈金生要求老五在船舱里坐好，因为夜里视线差，机挂船与湖里的石头相碰是常有的事。老五便老老实实坐在船舱里了。

陈金生对他说："接下来的日子，你应该辛苦一点，尤其是夜里要提高警惕，你一定要看护好我的妹子。如果她有个三长两短，我找你问罪。"

老五说："你放心，有我在蛇岛，没有谁敢欺负你妹妹的。如果有谁欺负你妹妹，我就与他拼命。"

陈金生说："吃亏就是福，或许你现在吃点苦，或者受点气，说不定以后某一天，你与我妹子结合在一块儿了，那时你可就是扬眉吐气了啊。"

---

* 方言，即玩。

老五说："有你这句话，我在蛇岛干活累死也不说后悔。"

陈金生说："刚才我老婆与你说了什么？"

老五说："她叫我加油。"

陈金生说："你加什么油？"

老五说："她问我与秀萍的关系进展到哪里了，她叫我加油。"

陈金生说："现在你知道了吧，我看好你，我老婆看好你，就看你自己了。我妹子真的是不错的，只是她第一次婚姻失败了。那失败的原因不在我妹子身上，而是那个男人太无赖，太不像话了。现在我就希望，你能与我妹子好好相处！"

两个人沉默了一会儿，陈金生又说："我告诉你，人生的机会有时就只有这么一次。"

老五听过之后，没有说什么话。

陈金生接着说："送你到岛上，我不去见我妹子了，说不定我妹子已经睡觉了。我马上回去。"

老五想告诉他：你妹子不会睡觉的，因为我离开岛时，她对我说"我等你回来"。老五转念一想，就让他早点回去吧，那么告诉他，他肯定要去看望一下他妹子了，或许他们两个人一说话，他就不想着回去了。

很顺利，机挂船平安到达了蛇岛。

老五谢过陈金生便跳上了岸头。

陈金生真的没有在岛上逗留,他马不停蹄开着机挂船走了。

老五站在岛上看着机挂船远去。

他转身后，老远就看到那一排屋子里，有一间屋子灯亮着，他知道，那是一盏煤油灯，那是陈秀萍在等他回来。

他加快了步伐。

果然，陈秀萍没有睡觉，她听到了机挂船声，所以她站在了门口。

她看见老五了，说："你回来啦。我哥呢？"

老五说："他走了。"

陈秀萍说："他怎么不看看我就走了呢？"

老五说："你哥当你睡觉了，还有你嫂子叫他早点回去。"

陈秀萍说："哦，我哥也真是的，到岛上了也不来看我。"

老五说："天黑，阳澄湖里到处是鱼网，蛮难开机挂船的。还好你哥有本事，技术不熟练的人肯定是要被鱼网绕住桨的。"

陈秀萍说："那也好，让他早点回去吧。"

现在，老五心里一直想着她那一句话，就是"我等你回来"。

他想在这个黑黑的夜里，能够拥抱一下她。

陈秀萍走进了屋子里，老五也跟了进去，屋子里煤油灯火在闪烁。

她叫他坐，他说："不坐了，联系挖鱼池的人，这事我向你汇报一下。"

"你说。"

老五说："我打算找祥龙的，但我上岸后遇到吕仁龙了，他对我说祥龙腰摔伤了，暂时不能干什么活。他问我有什么事，我便说找祥龙是想在岛上挖鱼池，他说他手下有一帮人也可以挖鱼池的，让我不要去找祥龙了。"

陈秀萍说："这岛上的房子就是他盖的。"

老五说："这个我知道，所以我答应他了，我对他说，具体如何挖鱼池，他得到岛上来谈。想怎么挖鱼池，挖鱼池的价格怎么样，你与他谈总比我与他谈好嘛。"

她说："他答应了吗？"

他说："他答应了，他对我说，明天一早他就到岛上来。"

"这事你做得蛮好。"她说，"时间不早了，早点睡觉吧。"

他觉得自己真是笨嘴笨舌的，不会说什么想你啊爱你啊之类的话。你看，事情汇报好了，她便催促自己回房间睡觉了，难道她说的"我等你回来"，就像一杯白开水似的清清淡淡吗？

不行，还得与她说说话，他对自己说。

他无话找话。他对她说："过几天这里就要通电了，现在我们真的是生活在一片黑暗的世界里。"

他如此说，让她笑了。

她说："你说话蛮风趣的呀。"

他说："你哥你嫂子说话才叫风趣呐！"

"他们怎么风趣呢？"

"他们都叫我加油……"

老五把她哥与嫂子对他说的"加油"之类的话原原本本地对她说了。她听后有点脸红，说："我哥与我嫂子真的对你这么说的吗？"

老五说："他们真的是这样说的。你若不相信，明天你哥来这里，你可以问一问他啊！"

陈秀萍说："我哥我嫂也真是的，拿他们的妹子开玩笑。"

老五说："我觉得他们不是拿你开玩笑，而是在处处关心着你。"

她想了想说："他们自然是关心我，但感情的事不是说我想怎么样就能怎么样的。再说我也过了那种一见钟情的年纪，像我这般年纪，见的世面多了，看问题也不再像从前那么天真，那么简单了。"

老五说："我看你依然年轻。"

"是吗？"

"说不定你心里也有你喜欢的男人。"

"还没有，唉，男人伤我太深，罄竹难书。"

"什么是罄竹难书？"

"读书的时候，我语文也没学好，但我记得这个成语，好像就是一言难尽的意思吧。"

她又想起了那个夜里，在这个岛上被两个男人轮奸的事，她又想哭了。

而这个事老五是不知道的。他说："你比我聪明，我读书读到的一些东西早就还给老师了。"

陈秀萍偷偷抹了一下眼泪，说："如果读书时能够用功一点那就好了，至少不会来岛上受这个苦了。"

"世上没有后悔药。"

"也不叫后悔，只是心里有点失落呵！"

他知道她离婚不久，所以她这么说，他也是完全能够理解她的。现在他鼓足勇气对她说："我越来越佩服你了！"

她的目光扫过他的脸，说："你用'佩服'两字，用词不当。"

"那我应该怎么说呢？"

"你想想。"

老五抓抓脑袋，说："我笨，我想不出来。"

陈秀萍说："不要你想了，时间真的不早了，早点睡觉吧。"说完，她朝门口走去。他转身跟她走到了门外。

老五说："你到哪里去？"

"我去那边。"

老五立刻明白，那边即是简易厕所。

她往那走去。

他也往那边走去。

她回头说："你也想上厕所吗？"

他说："是的。"

她说："那你把我那一只煤油灯拿来，那边太暗了。"

"好。"

他拿了煤油灯追了上来。

她说："真的，在这个岛上，有你在我的身旁，我感觉自己安全多了。你有什么样的感觉呢？"

他说："我就感觉欲火在燃烧。"

陈秀萍哈哈大笑起来："你欲火燃烧，你上岸去'美容院'找'小姐'啊。"

他说："不去。"

她说："为什么不去？"

"那里太肮脏了。"

"好男人是不应该去那种地方的。"

"我心里有一种感觉，你是我见过的最纯洁的女人。"老五说。他也不知道自己怎么会说出这么一句动听的话。

她一怔，道："这是你的心里话吗？"

他说："是我发自心底的一句话。"

不料，她长叹了一声说："唉，我再也不是一个纯洁的女人了……"

陈秀萍说自己不纯洁了，老五只是认为她离过婚而已，而绝对没有想到她被两个男人强暴过。

两个人快走到简易厕所了。

陈秀萍说："你站在这里别动。"

他持着煤油灯，就站立在那里，站得身子稳稳的。

黑夜里，他就像一棵树。

她上厕所去了。其实厕所就是一口粪缸，上面架了一个像椅子一样的坐便器。

他忍住没有走过去。

但他听到了"哗哗"的流水声。

他知道，这是她小便的声音。

他认为，这是世界上最动听的声音。

他浑身燥热了。

他竖起耳朵再想听那个世界上最动听的声音，可是已经没有了。她说："你把灯给我，你来吧。"

他退后了一步。

他说："我不上。"

她说："你不上，你跟我来干什么呀？"

他说："夜那么黑，我陪陪你！"

妈呀，这个男人真的特别会关心人呀！

陈秀萍有点激动了，说："像你这样会体贴女人的男人为何不再找一个女人呢？"

他说："想。"

"你现在有意中人吗？"

"有。"

"谁？"

"远在天边，近在眼前。"

忽然一阵风吹来，把陈秀萍手中的煤油灯吹灭了……

有道是，做什么事都要有途径。现在，老五认为想靠近陈秀萍的途径来了。他看见煤油灯灭了先是一愣，接着快步向她走去，对他说："你把煤油灯给我。"

她说："没事。"

她没有把手中的煤油灯递给他。

他又走上一步，说："你眼睛看得见地面吗？"

她说："能看见。"

他伸出了一只手去拉她。她说："我手里有灯。"

他的手就缩了回去。

　　两个人摸黑走到了屋子门口。老五说："你等一下，我去屋子里拿火柴。"

　　他又摸黑进入屋子里。

　　他划亮了一根火柴，顿时屋子亮了一下。

　　他走到门外，又划了一根火柴，这下煤油灯又亮了。而老五又一次愣在那里，他的脑子里突然出现了空白，他被眼前的景象弄晕了，只见她的衬衫居然敞开着领子，他看到了她浑圆的乳房。

　　陈秀萍没有察觉他的眼神，说："我举灯照着你，你到自己屋子里去吧。"

　　他说："好的，我去点灯。"

　　他走进了屋子里。

　　他说："你进来呐。"

　　她说："你看不见吗？"

　　"看得见。"

　　"你看得见，我就不进去了。"

　　突然他"啊"地叫了一声。

　　她忙问："你怎么啦？"

　　他说："我把煤油灯弄翻了。"

　　听到他说把煤油灯弄翻了，她就举着灯向他走去。她一边走一边说："你身上没有溅到煤油吧？"

嚯，那个煤油灯被打翻在地上，煤油灯的瓶子竟然完好无损，只是煤油洒了一地。

老五连说："额骨头*，额骨头。"

陈秀萍说："你屋子里有煤油吗？"

老五说："应该有。"

"那你给灯里加油啊！"

"好的。"

老五从床铺底下拎出一只塑料瓶开始给煤油灯加油，可是他把煤油都倒在了瓶子外面。

她说："你做男人活儿行，做这种女人活儿不行。你拿好灯，我来加油。"

他举着煤油灯。

而他的眼睛则死死盯着她的胸脯，这下他能看见她两个乳房了。

她给灯里加满了煤油。

他的眼睛还在看她的乳房。

她说："喂，你在看什么呢？"

他这才回神过来。

而她这才发现自己的衬衫敞开着领子。因为手上有煤油的瓶子，所以她没有及时伸手扣上纽扣，轻声轻语地说："我又不是大阿姐，有什么好看的。"

他说："那我认你做大阿姐好吗？"

---

* 方言，即幸运。

她说："不好。"

他说："为什么？"

她说："因为我现在的心思都在这个蛇岛上，如果搞不好这个蛇岛，我就不要什么爱情生活了。"

他说："我相信，这个岛的明天一定很美！"

这个接近她的"途径"就告一段落了。

那个晚上，他没有接近她，她也没有接纳他。

那个晚上，陈秀萍睡在铁床上，她翻一个身，那铁床就"吱呀呀"地叫。故而她不愿翻身，因为她不想听到这一种声音，这一种声音与男人女人在床上缠绵时的声音非常相似。

她感觉这阵子有点有气无力，而且这个月该来的东西也没来。她想，这几天得抽空找医生去看看，不然心里也不踏实。此时，她睡在床上辗转反侧，脑子里想的事情太多。

她又想上厕所了。

外面那么黑，她不想去那个简易厕所了。

她轻轻地开门，就在门口不远的地里蹲了下去。

她嘴巴里说着"嘘嘘"，而她的眼睛盯着老五那间屋子。

还好，他屋子里是黑黑的。

他应该睡着了。

她连忙拉上裤子，小跑着回到屋子里，长长地舒了一口气。

她又躺在铁床上，脑子里却都是老五这个人了。她不知道自己怎么了，自己为什么会对一个男人这样多情呢？

另一种声音在她的脑海里响起来：

自己在蛇岛的事业才刚刚起步，有许多事情需要自己身体力行，要是现在就与他擦出火花，要是现在有了那种欲望，要是放任那一种像洪水猛兽一样的欲望……她不敢想下去了。这也是她现在不接受他爱神电波的原因。

她在铁床上不断地思索着，最终她得出这样的一个结论：必须把这种情欲之火压抑下去。这样想着，一种超凡脱俗的感觉充溢了她的全身……

早上七时四十分，吕仁龙便来到了蛇岛。这回送他过来的是一只快舟。那快舟响声都没有，所以它到达蛇岛，陈秀萍没有听到，老五也没有听到。

当吕仁龙出现在陈秀萍住的屋子门口时，陈秀萍吃惊不小。她说："啊，你来啦，我怎么没有听到机挂船的声音呢？"

吕仁龙说："今天是朋友用快舟送我的。你要不要买一只快舟？"

"多少钱一只呀？"

"应该五万元左右吧。"

"太贵了，我买不起。"

眼下，陈秀萍最关心的事情不是这个快舟，而是挖鱼池。而吕仁龙到这里来就是商量如何挖鱼池的。吕仁龙说："下雨天这几间屋子不漏雨吧？"

陈秀萍说："那天下的雨很大，也没有漏雨。"

吕仁龙说："如果漏雨，你叫我，我派人过来维修。"

陈秀萍说："以后这个岛上还要盖很多房子，到时我第一个就找你。你盖的房子真的蛮好，我蛮满意，如果价格还能便宜一点就更好了。"

吕仁龙说："这个岛上的价格与岸上的价格几乎一样了，按照道理起码每个平方加个四十到五十元，你说我的价格便宜不便宜呢？"

陈秀萍不说话。吕仁龙又说："这个挖鱼池，你交给我，我不会赚你钱的，都是自己人，我也是全力支持你到蛇岛上创一番事业。"

陈秀萍明白了，他是一个以实际行动支持自己创业的人。

"我知道的，所以我愿意把挖鱼池这样的大事交给你办。"她说，"不过，挖鱼池的价格你要优惠一点儿。"

吕仁龙说："价格多少，你说好了，我的宗旨就是不赚你一分钱，我自己也不亏一分钱，你说我硬气不硬气？"

陈秀萍伸出大拇指说："你硬气。"

陈秀萍与吕仁龙很快谈妥了挖鱼池之事，他当即表态，明天就开工，争取十天之内搞定。他还没有走，蛇岛又来了一帮人，湖边大船小船好几只排列着，陈秀萍不知道小岛上又有什么事

要发生了。

老五急急忙忙来到陈秀萍面前，对她说："他们给我们拉电线啦！"

现在轮到陈秀萍兴高采烈了。

她来到了湖边。

她问："你们这些人当中谁是负责人？"

他们说他们都是干活的人，负责人坐在办公室里的，哪会来干活。

这时，有一只机挂船来了。

陈秀萍定睛一看，看见船头上站着一个人，是村主任。

村主任身手矫健，纵身一跃便到了岸上。他对陈秀萍大声说："你像纳税大户，你要拉电，我们村里，还有电力部门一路绿灯，估计明天这个小岛就能通电了。"

陈秀萍说："这么快啊！"

村主任说："我们办事就讲究认真。"

陈秀萍说："我衷心感谢！"

村主任嘿嘿一笑说："我看你只要感谢一个人，你感谢老五就可以了，老五像自己的事情求我什么高抬贵手，给个方便……"

陈秀萍嘻嘻一笑："你叫我感谢老五，我晓得的，你是不好意思说，我要感谢你吧。"

村主任说："这个是我做村主任的职责，你感谢也好，不感谢也罢，但老实对你说，没有老五找我，我是不会这么出力的。"

他看了一下四周，问道："老五人呢？"

"他刚才还来叫我的，应该就在附近吧。"陈秀萍说，"这些拉电线的人吃饭怎么办？"

村主任说："他们自行解决。"

她又说："能不能叫他们把电线拉到最南面？"

村主任说："我与他们说说看，我想应该可以的吧。"

陈秀萍自是千恩万谢。

其实，拉电线这些人当中是有个施工负责人的，村主任找到那个负责人，与他一讲，他说可以把电线拉到最南面的。这些人真是动作快捷，仅一个上午就把电线全部架好了。

而村主任也一直在岛上。

他与老五聊了很久。

看得出他对老五是关怀备至。

他问道："老五，在岛上生活习惯吗？"

老五说："习惯，就是夜里没有电视。"

"明天就通电了，你就可以看电视了，叫秀萍给你买一台电视机。"

"不用买新的，我家里有一台旧彩电，明天我回家去搬来。"

"以后你回家也要看电视的。"

"我想一直待在岛上。"

"你与秀萍之间的关系现在进展得怎么样了？"

"我们同吃同劳动。"

"有没有同住呢？"

"这个还没有。"

"那你得努力一把。刚才我对她说，这个蛇岛能够通电，最大的功劳应该归功于老五。如果没有老五出力，这个通电没有这么快的，或许还在村里'研究研究'当中哩。"

"阿哥，你对我真好，我心里有数的。"

"你记着我的话，该出手时就出手，做事要有男子汉的风度。"

"我记着的。"

"师傅领进门，修行靠你自己，有些话我不能对你说，你脑袋瓜自己想想明白，不要一天到晚傻乎乎的，像猪八戒……"

"我不做猪八戒。"

"就是这个意思，你明白就好！"

一种内疚的感觉常常袭上陈秀萍的心头。老五越是对她好，越是对她关爱，她的内心深处越是感觉内疚。她想她的身子已被两个男人强暴了，她一直觉得自己的身子已是肮脏了，她陷入内疚之中不能自拔。

而唯一能让她高兴的事情，就是明天蛇岛可以通电了。

傍晚六时许，其他人都走光了，岛上只有老五与陈秀萍两个人。这一顿晚饭还是老五做的，他做了一顿猪油菜饭，可是陈秀萍只是吃了一小口。而平常日子里，她是非常喜欢吃这种菜饭的，她一顿至少会吃一碗半。

他说："你只吃这么一点，肚子要饿的。"

她说："我肚子不舒服。"

"肚子哪里不舒服？"

"感觉肚子比原来隆起了不少，还有胃口一点也没有。"

"你会不会有了？"

"有什么了？"

"有小孩了。"

"你瞎说，我男人都没有，哪会有呢？"

"那我是瞎说了。"

"我腰酸背痛，人像散架了一样。"

"那你可得去看医生，我看你不能再拖了。"

"可是明天仁龙他们要过来挖鱼池，我走不开呀。"

"有我在，你就去看医生吧。"

老五知道机不可失，时不再来这一道理，所以他想着法子讨好她。他又说："你腰酸背痛，要不要我给你捶捶背？"

陈秀萍有气无力地说："好吧，你就给我揉揉肩膀吧。"

反正岛上没有其他人，所以屋子的门仍是敞开着的。此时，陈秀萍坐在床沿上，她的头则是低着的，而老五像按摩师一样伸手在她的肩膀上揉着捶着。

他说："外套脱了吧，这样你会感觉好点。"

她没多想，便脱去了外套。

她只穿一件内衣了。

而且她没有穿胸罩，她的乳头顶着内衣。

他说："衣服单薄了，我好揉，你能感受得到……"

她说："你手法很好，你怎么会按摩呢？"

"我本来也不会，我妻子生病期间学会的，每天晚上要给她按摩，以减轻她的病痛。"

"呵，你真是个好男人。"

"也不能说是好男人，就是让生活逼出来的。"

"你刚给我揉肩膀，我想你这个男人可能也去找过小姐按摩的，现在我感觉错怪你了。"

"我还从来没找过小姐按摩。"

"好男人就不要找小姐按摩，如果找她们按摩啊敲背啊……得了性病，那就害了自己，也害了自己的老婆。"

"是的，我们村庄里这样的男人也有。"

"应该说，这样的男人有很多。"

陈秀萍感觉他揉得自己蛮舒服。

她说："你累了就歇一会儿。"

"不累。"他说，"要不我给你捶捶腰？"

"好吧。"她说，"你真像一个经验丰富的按摩师。"

现在她很听他的话，就像一个听话的小姑娘，只见她脸朝下趴着，她的屁股朝着天。而他俯下身子给她捶背。他说："你要轻点，还是重点？"

"轻点好了。"

"看你脸上清瘦，你身子还是蛮结实的。"

"老了，皮肤松了。"

"还好，我感觉你皮肤真的蛮紧实。"

"每天干活也就是健身。"

"是啊，有钱人去健身房健身，那还得花钱，不如像我们边干活边健身。"

"我发现你还是蛮会讲话的。"

"你喜欢听吗？"

"你说呢？"

"我又不是你肚子里的蛔虫，我怎么知道你喜欢不喜欢？"

"现在我感觉腰背舒服多了，就是感觉肚子有点胀痛。"

"这个……这个肚子，我就没法子给你弄了。"

他傻笑了起来。

她也笑道："我又没叫你弄我的肚子。"

不料，他一本正经地说："我也揉过女人肚子的。"

她说："你刚才还说我的肚子没法子弄了，怎么现在又说揉过女人肚子了？你说话自相矛盾，好像自己打自己嘴巴了吧。"

他喃喃地说："我经常给我老婆揉肚子啊，其他女人的肚子我可从来没有碰过。我若骗你，我就是小狗。"

她笑着说："我就是想看你做小狗。"

老五心里想，看来奇迹真的会出现。于是，他趁热打铁，便厚着脸皮说："那要不要让我揉揉你的肚子？我觉得揉肚子比揉肩膀还要舒服。"

她没有说话。

老五又想，我这么说真的是难为她了。

他感觉自己的身子有点不自在了。

过了一会儿，她才说："那门还开着呢。"

他说："我关上门。"

他把门关上了。

她说："让你揉肚子有点难为情。"

他说："天知地知你知我知，在这个岛上只有你和我，我们关起门来做什么事，其他人也不知道啊！再说，你肚子感觉不舒服，我只是给你揉揉肚子，让你身子轻松一点儿。"

"话是这么说，但感觉还是有点放不开的。"

她仍然矜持着。

他没征得她同意，一只手便放在她的肚子上开始揉起来了。当然，此时她的身上还穿着内衣。揉着揉着，她的肚子就显露出来了。

她说："你看我的肚子是不是有点隆起呀？"

他又俯下身子仔细地看着她的肚子，说："咦，你的肚子真的有隆起迹象呵，好像你有喜了。"

"我对你说过，我没有男人，怎么会有喜呢？"

"会不会这个岛上有仙人经过啊，是仙人让你怀孕的。"

他开玩笑说。

而她却笑不起来了。

她又想起了那天晚上被两个男人强暴的事了。她轻轻地说："仙人哪有，魔鬼是真有的。"

老五已经有点累了，他的手劲开始变弱了。这时，陈秀萍从床上坐了起来，她理了理内衣，肚子又被衣服盖上了。她说："你累了，你睡觉去吧。"

他说："我不累！现在你感觉好点了吗？"

"好多了。"

"我还是建议你明天找医生看看。找医生看过了，知道是什么原因让自己不舒服的，一个可以对症下药，二个自己心里也清楚怎么回事，也不会愁眉苦脸了。还有一个，你身体没病那我也就可以放心了。"

"好的。如果我哥明天到岛上来，我就坐他的船去医院一趟。"

"这就对了。身体是革命的本钱，如果一个人身体不好，给你一座金山一座银山，给你再多的金银珠宝，又有什么用呢？"

她问："现在几点？"

他看了一下手腕上的手表，说："现在夜里十点。"

她说："不早了，你回去吧，明天还有许多事情等着你呐。"

他说："与你在一起，我就不想睡觉。"

她说："傻瓜，不睡觉会短命的。"

他说："我宁愿短命，也要与你在一起。"

"这屋子里就这一张小床，你怎么睡觉呢？"

"我可以不睡觉，我就坐在你身旁。"

她想了想，说："那我们订一个君子协定，我不脱衣服，你不脱衣服，而且你不许碰我的身子，那我就答应让你不走。"

他满口答应："好。"

老五的手脚还算蛮老实的。这一个晚上，他真的没脱衣服，他穿着衣服抱着她睡觉的。她当然也没脱衣服。两个人就这样

睡了一夜，而并没有做什么出格的事。其实，她既然答应他一起睡一张床上，他的手脚不老实一点儿，她应该也不会计较他什么的。

他醒了。

他假装松开了她的身子。

她也醒了。

她转身拍拍他的身子。

她说："你怎么睡在我的床上呀？"

他说："你同意我睡在你床上的。"

"怎么可能？"

"我没有录音机，但你真的答应我睡在你床上的。"

"那我肯定困了。"

"是有点迷糊了。"

"那你晚上没有动我身子吧？"

"我哪敢呀。"

"那就好，这事儿就算了！"

"你身体感觉怎样？"

"睡了一夜仍然感觉无力。"

"昨晚我们讲好，你今天要去看医生的。你哥来了，你不跟他去看医生，我就对你哥直说，到时你就别怪我。"

"其他没什么，就是我想去看看肚子隆起是怎么回事。"

"你不是说魔鬼下的种吗？"他大笑起来。

"说了你不相信，如果我有了，那真是恶魔下的种！"她说，一副咬牙切齿的样子。

老五走到门口，陈秀萍叫住他。

"你去烧点热水过来，我想洗个澡。"

"好的，我就去。"

他想，她身体不适，或许洗个热水澡能舒服一点儿。所以，他没有先去湖边洗脸，而是先到厨房里烧热水。因为是用木柴烧火的，一锅热水很快就有了。他跑到她的房间问："热水好了，打在哪里？"

她说："洗澡盆在床铺底下。"

他就弯腰从床底下抽出了洗澡盆。

她说："你把热水打在盆子里，不要太烫。"

"好的。"

他这样跑了几次。

他说："热水准备好了，你可以洗澡了。"

她说："好的，你把门关上。"

"好的。"

他退出了屋子，并随手关上了门。而她在屋子里面洗澡了。老五拿了毛巾与牙刷到湖边洗脸去了，很快就回来了。他发现她屋子的门仍然关着，他知道她应该仍在洗澡，一种好奇心驱使，他想岛上又没有其他人，竟然动了偷窥的念头。

他急忙跑到屋背后，他知道后墙有一个窗户。

他手里还拿着毛巾与牙刷。

真是天开眼，那窗户的窗帘没拉上。

他向里面张望。

他看到她仍在盆子里洗澡。

他看见了她两个乳房，好大的两个乳房在胸前晃荡着。她突然站立起来了，他吓得连忙低下身子沿着墙逃开了。

他逃回自己的屋子。

这时，她来叫他了："我洗好了，麻烦你把盆子里的水倒掉。"

他说："好的。"

老五把洗澡盆里的水倒在屋外，然后又将洗澡盆放回屋里的床铺下。

陈秀萍报以苦笑，她觉得差使老五做这些私事有点不好意思。她向他解释说："我感觉四肢无力，要不然倒洗澡水这种事情我是不会差使你做的。"

老五说："你尽管差使我做。你差使我的事情越多，说明你越看得起我，那我真高兴。再说，你感到身体不适，我为你做些事情也是应该的。"

他的眼睛又朝她的胸脯看了一眼，他的脑海里定格着她赤身裸体的画面。

他为偷窥到她的乳房而暗暗庆幸。

只是他有点遗憾，没有看够，时间太短了。

陈秀萍突然意识到，现在早上快七点半了，应该陆续有人上岛来了。

她对老五说："你早饭吃了吗？"

老五说："还没有，光顾与你说话，忘记吃早饭了。"

她说："你自己去做点早饭吃吧，我不想吃。"

老五说："还有几只鸡蛋，我给你做两只水煮蛋吧？"

她说："我不想吃。"

她又说："等一会儿，吕仁龙就会派人过来挖鱼池的。如果他来了，你马上来叫我，我要与他交代几句话的。因为昨天我与他谈挖鱼池时，我忘记告诉他鱼池的深度了。"

他说："好的，他一来，我就叫你。还有，你哥来了，我也要叫你的，今天你一定要去看医生了。一个人如果有毛病不看医生，那会越来越严重的，小病拖成大病那就得不偿失了。"

他刚想走，陈秀萍把他叫住。

她说："我床头还有一罐八宝粥，你拿去垫垫饥吧，不吃东西干不动活的。"

他说："八宝粥你留着自己吃吧，我屋里有几只鸡蛋糕，不吃掉也快要发霉哉。"

吕仁龙带着十几个人来挖鱼池。他的机挂船还没有靠岸，老五就找陈秀萍报告去了。到了她的屋子门口，他大叫道："来了，来了！"

陈秀萍说："谁来了？"

老五说："挖鱼池的人来了。我看见他们来了一船的人，那个吕仁龙立在船头上。"

她说："我知道了。"

她咬了咬牙，硬是支撑着坐了起来。她缓缓地走出了屋子，只觉得眼冒金星，有点儿站立不稳。她缓缓地向湖边走去，而吕仁龙一帮人正在朝她这个方向走过来。

他们有说有笑的。

吕仁龙见她无精打采的样子便问道："你身体不舒服吗？"

她说："这几天一直这个样子，浑身无力。"

吕仁龙说："我有机挂船，等安排好挖鱼池，我送你去看医生。"

她没有拒绝。

挖鱼池的队伍里有三个女人，吕仁龙对其中一个中年女人说："你去扶一下东家。"中年女人伸手扶住了陈秀萍，说："要不要扶你到房间里休息？"

陈秀萍说："不，往前面走。"

前面不远处就是挖鱼池的地方了。

到了那里，陈秀萍一屁股坐在地上。

吕仁龙说："看你今天身体真的虚弱，现在我马上送你去医院。"

陈秀萍说："一般鱼池挖几米深呀？"

吕仁龙说："一般是鱼池底与地面相距七八米。"

陈秀萍说："这里是小岛，这个鱼池面积不大，可以挖得深一点，其他也没有什么可交代的了。"

吕仁龙说："可以！"

他吩咐那个中年女人："你先搀扶东家到我的机挂船上，我布置好这里的工作马上过去。"

陈秀萍实在病得不轻，她感觉不去医院实在支撑不下去了。所以她在那个中年女人的搀扶下缓缓地向湖边的机挂船走去……

这时，老五急急忙忙追了过来。他拿着五百元钱气喘吁吁地对陈秀萍说："这钱你拿着，看病要用的。"

陈秀萍摸了摸口袋才发觉，自己走得匆忙，身边没带一分钱。她一边接过钱一边对老五说："这钱等我从医院回来就还给你。"

他说："不急。如果不够我再去拿。"

她说："够了。"

他说："如果医生叫你住院，你就住院，岛上的事情我会处理好的。"

这时，吕仁龙也走过来了，他对老五说："你不要去了，我叫大妹阿姐一块儿去，你就留在岛上吧。"

老五说："我是不去。"

机挂船载着陈秀萍往医院去了。十几分钟，机挂船便到了医院的河埠，吕仁龙先跳上岸头系好船绳，然后在船与岸头之间放好一块跳板，大妹阿姐便搀扶着陈秀萍走跳板上岸了。

他们三人向医院走去。

吕仁龙问："你看什么科？"

陈秀萍想了想，说："就挂内科吧。"

吕仁龙说："内科的王主任是我朋友，先不要挂号，找他去问问。"

于是，他们来到了内科。

内科门口有很多人在排队。

吕仁龙也认得门口护士的，护士让他进去了。他与王主任耳语了一番，王主任说："你叫病人过来。"

吕仁龙退了出来。

陈秀萍一个人进去了。

王主任给她搭了一下脉，问了一些情况，对她说："你挂妇产科吧，你有可能怀孕了。"

听王主任这么说，陈秀萍脸孔煞白，真的可以形容为呆若木鸡。

陈秀萍不知道自己是如何来到妇产科的，她的脑子一片空白。这回妇产科女医生确认她已怀孕两个月有余了。

女医生说："这孩子很正常，你要生吗？"

陈秀萍说："不生。"

"那可以做人流手术。"

"我现在就想做。"

"不行，你目前身体虚弱，要待你身体好时才能做。"

"那要等多久？"

"看你身体恢复情况。"

"为什么现在不好做呢？"

"我已经讲得很清楚了，你目前的身体状况比较差，不能做这个手术。以后你在过性生活时一定要注意了，像这种手术做多了对女性的身体有较大的伤害，或者当你真想要孩子的时候却生不了。"

"我这把年纪不想再要孩子了。"

"那也不行。回去好好保养身子，过几天你再来检查检查。"

她摇摇晃晃从妇产科走了出来。

她恨死了那两个男人！是他们让她蒙上了如此的耻辱。最苦的是还不能向任何人倾诉，她只能把眼泪一口咽下。

大妹阿姐看她出来了，便连忙上去搀扶。

吕仁龙问道："医生怎么说？"

陈秀萍咳嗽了一下，说："医生叫我养好身体，其他也没有对我说什么。"

她想搪塞过去。

吕仁龙便不再问下去了，他说："现在回去吗？"

她说："回去。"

吕仁龙自然是一个聪明人，他不用问陈秀萍，就能猜测到她肯定是怀孕了。现在蛇岛上只有她与老五，那不用说，让她怀孕的人肯定是老五，非他莫属。他想：回到岛上，我倒要问一问老五，你这家伙功夫很厉害么。

陈秀萍在船上一言不发。

大妹阿姐说："妹子，听说你现在一个人过，我对你说，家里没有一个男人不行，有许多男人做的活儿，你是女人做那些男人活儿，你就累了。再说你来这个岛上，万事开头难，你一定是太累了。所以，不管怎么说，你还年轻，你还得找一个伴。"

陈秀萍说："现在我什么都不想。"

吕仁龙对大妹阿姐说："各人家有各人家的实际情况，各人家有各人家的考虑，大妹阿姐你说得没错，但我劝你还是少说几句，让东家脑子清静清静。"

吕仁龙知道她是怀孕了，而不是其他毛病，那是一件确凿无疑的事情，所以现在他心里便笃定了，不像刚才看到她病快快的样子时，那么令人心急如焚。

机挂船到蛇岛了。

老五已等候在湖边。

大妹阿姐搀扶着陈秀萍向前走去。

吕仁龙叫住老五，对他嘿嘿一笑，说："人人都说你是老实人，我现在发现你老实个头。"

老五是丈二和尚摸不着头脑，说："我哪里得罪你啦？"

吕仁龙反问道："你自己不明白吗？"

老五说："我真不明白。"

吕仁龙说："她肚子里有了，这个好事是不是你干的？"

闻听此言，老五也是呆若木鸡。而吕仁龙更是确信他是"罪魁祸首"。看来，老五是跳进黄河也洗不清了。

大妹阿姐搀扶着陈秀萍一路走着。

陈秀萍对大妹阿姐说："好了，大妹阿姐，让我自己走吧。"

大妹阿姐以为她要去住的屋子，说："就要到了，我搀你过去。"

"我想看看挖鱼池。"陈秀萍说，"我现在感觉好多了，我可以自己走了。"

大妹阿姐说："那我去做生活了，你自己当心一点吧。"

陈秀萍说："谢谢大妹阿姐！"

陈秀萍到了挖鱼池现场，吕仁龙也到了。有好几个挖鱼池的人见到吕仁龙都对他说，这里的地头都是石块砖瓦屑，真是很难挖的。

吕仁龙对他们说："愚公太行山都挖得通的，你们挖一个小鱼池怎么啦？"

他们说："我们只是向你反映一下真实情况。"

吕仁龙说："你们好好挖。这里像是原始森林，我告诉你们，听老人讲，这个蛇岛旧时候是强盗出没的地方，说不定有强盗偷偷藏金银财宝在这里的。不过你们挖到金银财宝要对我说一声，不能独吞。"

挖鱼池的人一下沸腾了。

他们开始起劲地挖土了，而且眼睛盯着地下不放。他们都相信吕仁龙的话，相信这个蛇岛上真有金银财宝什么的。

陈秀萍在一旁听他说话，觉得十分好笑。

她轻轻地说："你说得有根有据的，我也相信这个岛上有金银财宝了。"

吕仁龙说："我逗逗他们的，目的就是让他们好好挖土，早点把这个鱼池挖出来。我看这个岛金银财宝是没有的，死人骨头倒是会有的。"

陈秀萍"啊"了一声："你不要吓我啊！我本来身体就不好，你真的要吓坏我哉！"

在挖鱼池现场附近的草地上有一块大石头，陈秀萍就坐在大石头上歇息。此时阳澄湖的风是清纯与透明的，她感觉自己的身心好点儿了。她曾下决心，把蛇岛装扮成阳澄湖里最美的小岛。

现在，一个鱼池快挖成了。

养鸡棚及篱笆圈也有了。接下来，她就要在蛇岛搭猪棚，她要在蛇岛发展养殖业，还要在蛇岛种桃树，种葡萄，种玉米、南瓜，种萝卜、青菜，总之她还想发展多种经营。

这时，老五急匆匆走了过来，说："岛上电通了。"

"好啊，这样蛇岛晚上就不黑了。"

"现在要找一个电工，因为我们住的屋子里的电线有了，但这个鸡棚的电线还没有接过来。"

"是啊，这几天我就想去捉两三百只小鸡回来。"

"那最好今天把鸡棚里的电线接好。"

"我哥懂一点电工知识的，不知道他什么时候来。"

"这可是远水救不了近火。"

"那怎么办呢？"

老五挠头搔耳，他也不知道怎么办。

陈秀萍站立起来，她想，吕仁龙是包工头，他手下应该有电工吧。于是，她就向他走去，吕仁龙反背着手站在那里看他们挖鱼池。而他也看见陈秀萍在走过来，就迎了上去说："你找我吗？"

"是啊。"

"有什么事？"

"你有电工吗？"

"有啊。"

"在这里吗？"

"他没来。你想做什么呢？"

"这几天我要捉几百只小鸡，这个鸡棚想拉电线，所以想找电工拉电线。"

"这个事情我就能搞定的。"

原来他以前做过电工，还有电工证哩。他说："你们的电线在哪里？我这就去拉电线。"陈秀萍这才发现电线还没有买呐。好事做到底，吕仁龙当即开着机挂船去岸上买电线了。

晚上，其他人都走了，白天热闹的小岛又沉寂下来，蛇岛只剩他与她两个人了。不过，现在蛇岛通电了，不像以前一到晚上便黑沉沉了。

吃晚饭时，老五问陈秀萍："你感觉好点了吗？"

"好点了。"

她当然不会告诉他自己怀孕的事。这件事情很不光彩，无论如何不能让别人知道，她是这样想的。

"我替你担心，现在小岛事情这么多，万一你生病那可就一团糟了。"

老五有点闷闷不乐了。她说："怎么，你这就没有精气神了？"

老五说："本来我不想对你说了，但不说我心里也是难受。"

"什么事？你说给我听。"

"今天你从外面回来，吕仁龙一看见我就说，'人人都说你是老实人，我现在发现你老实个头'，还说谁谁谁的肚子一定是我弄大的。我真是莫名其妙。"

陈秀萍一怔，说："他是包工头，话乱说的，他说的有些话你不要与他斤斤计较。"

陈秀萍陷入了忧郁与苦闷的煎熬之中。哎，这个肚子里的事还没有解决，现在却被吕仁龙知道了，他像一只广播喇叭，肯定会在外面讲的。但嘴巴是在人家身上，也不能让他们不说话的呀。她后悔不该坐吕仁龙的船去医院的。如果是哥哥送她上医院，哥哥即使知道她怀孕之事，也肯定不会对别人散布此类小道消息的。哎哟，陈秀萍心很乱。

晚上有电了，老五提议到外面走走。

陈秀萍说："我仍然感觉累，我想早点睡觉。"

"吃了就睡像猪八戒啊。"

"猪八戒在高老庄背媳妇，做猪八戒有什么不好呀？"

"可猪八戒背媳妇最后还是没背成。"

"那不是猪八戒的问题，那是师父唐僧不让他背媳妇。"

"我看是孙悟空不让他背媳妇。"

"不说猪八戒了，那我们在小岛上走走。"

"好，我来搀扶你。"

"不用，我现在有力气了。"

虽说养鸡棚里还没有小鸡，但棚子里的电灯却亮着。陈秀萍说："这里又没有小鸡，怎么电灯亮着呐，一个晚上肯定要用掉好几度电吧。"

"我想是吕仁龙拉线后没有关灯。"

"开关在哪里？把灯关掉。"

"我知道开关在哪里的。"他一边说一边跑到棚子里把电灯关掉了。

陈秀萍指着草棚说："这几天我就要捉两三百只小鸡过来。小鸡的喂养，现在你与我能够凑合一下。但小鸡大点了，你与我就忙不过来了，所以还得招几个人到这个小岛上来。"

老五说："这小岛四面环水，养鸭子、养白鹅大有前途。"

她说："你说得对，今后我们还要在岛上养猪、养羊。"

他说："那我们这个小岛就成了阳澄湖里的动物园啦！

接下来好几天陈秀萍都没有干什么活，她想养好身体，然后到医院去做人流手术。五天后，她打算一个人摇船外出，老五说："我跟你去。"

"我走了，你走了，岛上一个人也没有可不行。"陈秀萍说，"我去买点小鸡吃的饲料，就要回来的。"

老五说："你早点回来，我盼望你早点回来。"

陈秀萍笑一笑，她走上船双手绰起木橹，"吱呀吱呀"摇船走了。她早想好了，小鸡吃粞米，鸡棚里还有一百多公斤，这些粮食小鸡两个月都吃不完，她这么说只是骗骗老五而已。

她摇船到医院。

她直接去了妇产科。

女医生见她脸色红润了，说："你是来'人流'的吧？"

"是。"陈秀萍说，"医生，今天手术后我能回去吗？"

女医生说："可以的，但回去不要做剧烈运动。"

"可以摇船吗？"

"那至少要过六个小时。"

陈秀萍心想，要等那么长时间，真是牛皮要被拆穿了。但这个手术非做不可；如果今天不做，以后做就要引产，那说不定就要住医院，那样就要闹得满城风雨了。

女医生说："你不要发呆了，先去做血常规、尿检、B超、心电图，还有白带……如果一切正常就可以做手术了。"

她吃惊道："怎么有那么多检查呢？"

女医生苦笑了一下，说："如果你有妇科炎症还不好给你做呢。"

她说："哦。"

接下来，她只好老老实实一个又一个检查项目做下来。很幸运，检查结果一切正常，她如愿做了人流手术。

自从陈秀萍摇船走后，老五时不时地到湖边看看，他是看有没有她的船在视线里出现。他望得头颈都长了，一句话，他是望眼欲穿。

他想：她亲口对我讲就要回来的，怎么早上老早出门的，到现在傍晚五时还没有回来呢？是不是她出了什么事情？他心里非常焦急。他恨不得长一双翅膀飞到岸上去。

他已喂好了小鸡。

他做好了晚饭。他没有吃，他要等她回来一块儿吃。

天暗了。

他干脆就坐在湖边。他在盼望她回来，在千呼万唤她快点回来。

一直等到天黑了，她才摇船回来了。

他说："我等你半天了。"

她说："女儿有点事情，一时也走不了。"

她这一句话倒是真的，因为女医生关照她人流手术后要六小时才能摇船，她就趁这个时间去探望了一下女儿。她上岛后就没有见过女儿。

女儿说："我每天夜里做梦，都梦见我的妈妈。"陈秀萍抱着女儿说："妈妈在挣钱，以后你读大学需要很多的钱，妈妈想给你挣出来。妈妈文化低，没有其他本事挣钱，所以只好到荒岛上谋生了。"女儿张小秀也很懂事，她说："我支持妈妈的选择，我不会拖妈妈的后腿。"

她就陪了女儿六个小时。

女儿不让她走，最后母女俩是哭着分手的。

她给他说了女儿几个有趣的故事，他听得津津有味。他忽然想起她说摇船外出是给小鸡买粞米的，他就跑到船上想搬粞米，船舱里却是空空如也。他说："你买的粞米呢？"

她说："很不巧，那家饲料店秕米卖完了，要过几天才有。"

她说的话天衣无缝。

老五一个劲儿地劝陈秀萍吃晚饭，他说他傍晚五时半就做好晚饭了，但她看着桌子上摆放的几个菜却说不想吃。她说："你自个儿吃晚饭吧，不要管我了。"

老五说："多多少少吃一点吧，不吃饭要得胃病的。"

"我胃口不好。"

"如果这些菜不合你胃口，我可以做另外的菜啊！"

"那我就喝点汤吧。"

她想喝桌子上的酱油汤。

他没让她喝酱油汤。

他说："这个酱油汤我来喝，你就喝鲫鱼汤吧。"原来，做晚饭之前他在鱼网里捉到了几条鲫鱼，有一条已做了红烧鲫鱼，还有几条养在水缸里。

说完，他就在水缸里捞出最大的一条鲫鱼。

他在做鲫鱼汤。

而她去厕所里解手。

现在那个简易棚里有电灯了。她坐在那个坐便器上，看见刚用过的草纸上还有一点儿血迹，她明白，这是人流手术残余的血迹，或许再过几个小时那血迹就会没有的。然后，她若无其事地回来了。

屋子里有一股鲜鱼的味道，锅里热气腾腾的，一碗鲫鱼汤就要出炉了。

她说："闻到鲫鱼汤味道了，现在我有点胃口了。"

他说："那好，你把这一条鲫鱼全部吃了。"

"一条吃不了的，我吃半条就够了。"

"像我可以吃三条也没有问题。"

"那你吃半条吧。"

那天晚上，陈秀萍吃出胃口了，最后她把这一锅鲫鱼汤全部吃干净了。她对他说："你做的鲫鱼汤比大饭店里的还要好吃，明天我还要吃。"

而老五并不知道陈秀萍今天做了人流手术，她说她胃口不好，他还以为她最近身体疲惫所致，谁会想到她会怀孕呢？所以当她喝完鱼汤，他又想故伎重演，想给她揉肩膀、揉肚子。他说："你累的话，我给你揉揉肩膀。"

"不要了，你一天下来也很劳累了。"

"我不累。你舒服，我也快乐。"

"过几天吧，今天真的不要了。"

"可我看你很疲惫，就让我给你揉揉吧。现在有电灯了，不像以前煤油灯昏暗，我给你揉肩膀也看得清了。"

"真不要了，你回去看电视吧。"

"我家里的一台彩电还没有拿来，我的房间还没有电视。"

而陈秀萍房间有一台小彩电。

她说："这样吧，我也不要你按摩，你就在我房间看看电视。如果你感觉困了，你就回到你房间睡觉。你说这样可以吗？"

老五见她松口了，当即表示愿意。

但陈秀萍睡觉之前想洗洗身子，她就说："你先到外面去一下，让我用一下水，你再进来。"

他说："好啊！"

他想，这次又可以偷窥她了。他看了一下后窗，那窗帘又没拉上。所以，他一出门就跑到屋子后面，可是他到了屋子后面再一看，那窗帘竟然拉上了，一点缝隙都没有。

他很失望。

他只好回到屋子的前面。

过了一会儿，她打开了房门，让他进去看电视了。他明知故问道："你用水用好了吗？"

她说："好了。"

顿时他有点失望了。

陈秀萍没有脱衣服就躺在床铺上，她仰起头对老五说："老五啊，我先睡觉了，你看一会儿电视。你走的时候，把电视机关了，把门也关上。"

老五说："你怎么不看电视呢？"

"我有点儿累。"

"你睡觉不看电视，而我在你房间看电视，我心里感到别扭。你陪我一起看会儿电视吧，我还想与你说说话儿。"老五一边说，一边向她走过去，并伸手揉她的肩膀。

她用手挡着他的手说："不用了，我真的感觉累了。"

他伸手又想揉她的肩膀，她竟然板起脸来了："你再要这样，我要关掉电视机，让你回去睡觉了。"

他连忙收回了手。

他搞不明白，往常的日子里给她揉肩膀，她很愿意的，她的表情也是很享受的，而今天晚上想给她揉肩膀，她却为何严辞拒绝呢？真是女人的心，天上的云，说变就变的。

而他哪知道她的苦衷呢？

她刚做过人流手术啊。

陈秀萍说："我知道你是关心我。你白天也是很累的，我不想让你晚上还这样的累。我不是对你凶，我是心疼着你。"

她一句"我是心疼着你"，让他激动得眼泪都快掉下来了。

老五说："妻子走后，我心里很难过，但来到蛇岛后，与你在一块儿，我感觉快乐又回来啦。"

她说："我也是。与他离婚后，是你陪我走过了人生最低谷的日子。"

老五说："他放弃你，是他最大的损失。"

她说："不要提他了，现在我的心里已是放下了。没有他的日子里，我的生活是丰富多彩的！"

"你在我心里就是一个好女人。"他说，"你累了，那你就睡觉吧，我也不看电视了，我也回去睡觉了，晚安！"

说完，他抬腿往外走。而陈秀萍欲言又止，仰起头呆呆地看着他走出了门外，然后那门被关上了。

她好想拉住他，给他一个热烈的拥抱啊！

在岛上，很累但也充满希望。过了一阵子，这天早晨四时，陈秀萍就醒了，睡不着了。她去外面上厕所时，看见隔壁老五房间的电灯也亮着，她想是不是他也醒了。等她上厕所返回时，与老五迎面碰头了。

她说："你怎么也起床啦？"

他说："睡不着了。"

她说："还早，还可以睡觉。"

他说："不睡了，我要去看看鸡棚里的小鸡。最近这几天，这个天气忽冷忽热的，我有点担心这些小鸡会不会生病。"

她说："让我洗个脸，一块儿去看小鸡。"

老五趁她洗脸的机会就急忙到厕所去了，回来时见她仍在房间里，他又急忙拿了毛巾到湖边洗脸。等他从湖边返回，她已等在门口了。

他俩就朝鸡棚走去。

岛上其他地方漆黑一团，唯独鸡棚那儿灯火闪亮。

鸡棚里两百多只小鸡挤成一堆，毛茸茸的很是可爱。老五指着那些小鸡说："这个时候的小鸡最难喂养，长出羽毛了就好喂养了。"

陈秀萍说："鸡长大了就怕鸡瘟，鸡瘟发起来那是很可怕的。"

"你怎么知道鸡瘟呢？"

"我在家里也养鸡的，有一年我养了十三只鸡，瘟神一来，它们全部死了。"

"其实找兽医看看的话，有办法对付鸡瘟的。"

"当时哪想得到呢。"

老五捉了一只小鸡说："最好地上铺一层稻草，这样小鸡的爪子就不着地了，它们就不会受寒了。"

陈秀萍采纳了他的建议，她说："我哥今天要来岛上的，我就让他去弄几捆稻草来。"

老五与陈秀萍在鸡棚看小鸡的时候，他心里有一种崇高的感觉，是那种要办大事的感觉。而他的确是把陈秀萍的事当作自己的事来做的。

而陈秀萍心里在考虑，现在岛上经营的项目越来越多，仅有她与老五是远远不够了。所以，她还想招几个人。她想招能够常年住在岛上的人，会养鱼，会养鸡养鸭，会种树种花种菜。

她对老五说："过年前，这个鱼池就要放养小鱼苗了，所以还得找个会养鱼的人。"

老五说："这里四面环湖，养鸭更是有利可图。"

她说："鸭子要吃荤腥的。"

"我会耥螺蛳，鸭子吃了螺蛳肉长得欢。"

"你有其他很多事情做的。"

"那可以在湖滩搭几间鸭棚的，再用竹子与芦苇在水里扎一圈篱笆，可以在湖里放养鸭子。而且鸭子即使游出去，它吃饱了也会记得回来的。我觉得养鸭子比养鸡容易一些。"老五想了想又说，"鸭棚就搭在岛的东边，东边阳光好。"

陈秀萍说："那这几天我就找人来搭鸭棚，不过得先去买一船竹子回来。"

老五说："你不是要你哥找些稻草来吗？那就顺便叫他买一船竹子吧。"

她说："有事当然只好找我哥了。"

老五说："你哥对你不错，对我也不错的。"

她说："他对你哪里好啦？"

老五说："他对我说要多关心你，他希望我们……"

她说："别听我哥胡扯，我哥就是这样喜欢多管闲事。"她说这话的时候，脸上的表情山茶花般烂漫，很迷人的样子。

东方已发白，只是太阳还没有升起来。但见阳澄湖湖面有一层薄薄的水雾，像一顶白纱帐笼罩着湖面。传说八仙之中的铁拐李就来过阳澄湖，那名扬四海的阳澄湖大闸蟹就是他放在阳澄湖里的。

老五说："雨雾会散去，今天是个风和日丽的好日子。"

陈秀萍说："你说得对，雨雾总会散去，太阳每天都会从东方冉冉升起来的！"

说到雨雾，她又想起了那两个男人强暴她的夜晚。不幸的是自己竟然怀孕了，居然怀上了暴徒的孩子，她曾经是那么悲痛欲绝，但这一切就像一阵雨雾，现在总算散去了。

她没有对任何人提起这一件事。

她已放下了。

老五说："鱼池四周光秃秃的，可以在堤岸上种些树。"

陈秀萍说："我也是这么想的。我想种桃树，春天的时候，桃花朵朵开，还有蜜蜂飞来，我们这个小岛就成了桃花岛。"

老五说："是啊，桃花开了，爱情也就来了。"

她掩面笑了，说："要么你的爱情来了。"

他说："我的爱情来了，就是你的爱情来了。"

她转过身去。

他就走到她的面前。

她说："你越来越坏了。"

"我可在你身上学到了许多。"

"我有什么值得你学习的呢？"

"你勤劳，你勇敢，你心地善良，你比男人还男人……"

"我什么比男人还男人？"

"我是说你比我们男人还努力，我们男人干不了的事，你却能干得有声有色的呀。"

"你也是越来越会说话了。"

陈秀萍从老五的话语间，感受到了他对自己的绵绵爱意，并感受到了一种久违的兴奋。不过，她想现在不是时候，至少要等一个月以后或者更长一些时间，她才会考虑与他的事儿。

早上七时，陈金生与吕仁花就开着机挂船来了。

他俩是开着空机挂船来的。

陈秀萍看到哥与嫂子一块儿过来，她很兴奋，说："哥，我正想找你，鸡棚里需要儿捆稻草，还有我要搭儿间鸭棚，需要一船竹子，我想叫你去买哩！"

陈金生说："你早说，我今天就可以带过来呀。"

她说："我也不知道你这么早就会来的。"

陈金生说："你嫂子要过来，我就送她过来了。"

吕仁花拉过陈秀萍，说："妹子，我去看看你住的屋子。"

两个人就向那间屋子走去。

而陈金生找老五聊天去了。

到了房间里，吕仁花说："这屋子收拾得很干净哇。"

转了一下，吕仁花又神秘兮兮地问道："妹子，听说你怀孕啦，有几个月啦？"

陈秀萍一怔，她明白这事儿肯定是吕仁龙说的，但现在自己已做了人流，此事已结束了，就让此事随风而去吧。所以，她断然否认，说："我又没男人，哪怀孕啦！"

"那怎么外面在传你怀孕哩！"

"我不知道。"

"你对我说实话，是不是你与老五好上啦？"

"没有啊，真的没有啊！"

"那怎么外面人说他让你怀孕的。"

"嫂子我真没有怀孕。"

"我相信你没有怀孕，你能让我看看你的肚子吗？"

陈秀萍二话不说就撩起衣服，露出了白白的肚子，说："嫂子，你看我的肚子，这是怀孕了吗？"

吕仁花半蹲身子，手摸着她的肚子说："好像没有怀孕啊。"

"是吧，我哪怀孕啦？"

"我可以确定你没有怀孕。"

"我哥知道这事吗？"

"他知道啊，他说你怀孕了，这是计划外怀孕，可能这个孩子要不了，他还一直在为你担心呐。"

"真是的，我又没怀孕，有啥好担心的。"

"好了，我与你哥讲一下，你真的没有怀孕，你的肚子还是瘪瘪的，这是我亲眼所见，所以别听外面人瞎说了。"吕仁花一边说一边在心里笑着：这个姑娘，还真是抓不住她的把柄。

而陈秀萍也舒了一口气，这事儿总算过关了。

但吕仁花又有点儿不甘心，问道："这个老五怎么样啊？"

陈秀萍说："蛮好，现在岛上大大小小的事都是他在做，他蛮出力的。"

"我也感觉他蛮老实的。"

"只是现在我要养鸡、养鱼，还要养鸭，开春了我还想搭棚养猪、养羊，还要种树、种蔬菜，这些事情都需要人去做，所以我还想招几个人。"陈秀萍说，"嫂子，你可有这方面的人呢？"

"我哪有啊，我都不太出门，就一天到晚围着你哥哥转。"吕仁花嘴巴上这么说，但她心里仍想问问她与老五的事情，于是她又问道，"老五与你年纪差不多吧？"

陈秀萍说："他比我大一岁。"

吕仁花说："男大一，抱金砖嘛。"

陈秀萍纠正道："男大三，抱金砖。"

吕仁花笑着说："我说的就是这么一个意思，反正男人大一点，会像哥哥一样照顾你。哪像我比你哥大一岁，我要像姐姐一样照顾你哥哥呐。"

陈秀萍也笑道："你们这是姐弟恋！"

而那边陈金生正在那个鸡棚里与老五热聊。本来陈金生想问一问他：你把我妹子肚子搞大了，你是娶她还是逢场作戏？但几次想这么开口都不好意思。

这时吕仁花与陈秀萍走过来了。

那个问题，陈金生想，只能不问了。

吕仁花一上来便问老五："老五，你到岛上多长时间了？"

老五说："秀萍到岛上多长时间，我就到岛上多长时间。"

陈金生说："是的，应该差不多一块儿上岛的。"

陈秀萍纠正道："老五比我晚来几天的，刚开始时我一个人在岛上的，夜里风吹浪打，吓得我半死，这个我记忆犹新，永世不会忘记的呀。"

老五对吕仁花说："你姑娘的胆子比我们男人的还大，换作我一个人是不敢住在这个岛上的。"

吕仁花说："我也是不敢的。"

"你心里有事的话，就顾不了那么多啦。"说完，陈秀萍指着一堆小鸡说："天气越来越冷，这些小鸡容易受寒，所以鸡棚地上要铺一点稻草，哥，你最好明天就将稻草送过来。"

陈金生说："明天送稻草过来，没问题。那竹子什么时候要呢？"

陈秀萍说："那明天你把竹子买了一起送过来吧，这样也省一趟机挂船往返。"

陈金生说："这批小鸡长大后销路不成问题，已经有人向我打听，他们要包销这个蛇岛上的草鸡哩！"

陈秀萍听了他的话尤为高兴，她说："以后我这里不仅有阳澄湖草鸡，还有阳澄湖鸭子、阳澄湖肉猪、阳澄湖绵羊、阳澄湖鱼，还有阳澄湖桃子……反正都是阳澄湖原生态的好东西。"

老五说："还有阳澄湖萝卜。"

吕仁花笑着对他说："五只兔子拔萝卜，你正好是老五，你是最小的一只兔子哇！"

第二天上午七时许，陈金生就来到他的大舅家里，他知道大舅家里有稻草的。大舅听说秀萍要稻草，他说有啊有啊，有一个草垛，她要多少就让她拿多少。陈金生要给他钱，大舅脸都拉下来了："外甥女要几捆稻草还要拿钱，让我做舅舅的脸面搁哪里？"

大舅没拿一分钱。

陈金生想，大舅不拿钱，倒欠他一个人情了，待以后妹子那个小鸡养大了，可得捉两只鸡给大舅，不能白要人家的稻草。

而后，他就开机挂船到街上买竹子。

到了卖竹子的店，被告知竹子现货没有，要预约，或许要等一个星期才有货运达。陈金生说："我妹子急用竹子，你们给想想办法吧，哪怕竹子价格贵一点。"

他们说："没有现货，我们拿什么卖给你？"

陈金生想，竹子买不到，妹子肯定不高兴，反正时间还早，不如到其他地方找一找。

于是，他把机挂船用铁链锁好，至于船舱里几捆稻草又不是值钱的东西，就随它去了。

他就在街上寻找竹子。

在街上，他与吕仁龙相遇了。

他把买竹子的事儿对吕仁龙说了。

吕仁龙说："你要多少竹子呢？"

他说："一船。"

"让我想想办法。"吕仁龙说，"现在就要吗？"

陈金生点了点头。

吕仁龙说："我电话联系一下。"

他拿出大哥大打了几个电话，说："这条街上没有竹子，你开船到黄埭街上，那里有竹子卖。"

陈金生便开了机挂船，赶往黄埭那里，真的买到了一船的竹子。本来他想见到吕仁龙说他两句的："我妹子没有怀孕，你却说她怀孕了，你真是眼睛瞎了。"现在吕仁龙让他买到了一船竹子，他也就不想指责他什么了，这事儿就算扯平了。

下午三时半，陈金生开机挂船到达蛇岛。陈秀萍没想到他来这么迟,因为他讲过吃饭时就可以到的。她还给他准备了饭菜，还有白酒。

一见面，陈金生便倒苦水，他说："这个街上没有竹子了，后来我遇见吕仁龙，他给我联系到了，最后我开船到黄埭才买到这一船竹子。"

陈秀萍说："哥，吃力*你了，你饭吃了没有？"

---

* 方言，即辛苦。

他抹了抹额头说："吃过了，在黄埭老街吃了一碗猪头肉面，真的很好吃，是我小时候吃过的味道。"

老五走来了，他对陈金生说："你把船开到东边那儿一点，我要把竹子卸在那边。"

"那边湖里都是水花生哇！"

"没事，我已划开了一条水路。"

原来老五早有安排，一上午他就摇了那一只木船去清理湖里的水花生，划出了一条水道。陈金生开机挂船过去，果然有一条水道，机挂船便很容易地靠岸了。

老五与陈金生搭档搬运竹子。

老五在岸上，陈金生在船上，两个人一根一根把竹子搬到岸上。陈秀萍也想搬竹子，被老五挡住了，他说："你身体不舒服，这种活儿不用你做的。"

陈金生觉得这个家伙很会讨女人欢心。

陈金生说："前日我遇见村主任，他问我你与我妹子关系发展得怎样了，我对他说我哪知道。你对我说实话，现在你俩发展到哪个程度了？"

士别三日，刮目相看。现在的老五有点机灵了，他眨眼道："哪一天我叫你亲哥了，哪一天我就与你妹子好上了。"

"也是，也是。"陈金生说，"不过，我得交代你一句，我看好你与我妹子就是希望你们真心相爱，而不是玩玩就跑路的。"

"你看我像玩玩跑路的吗？我对你说，我愿意生在这个岛上，也愿意死在这个岛上。"老五的语气十分坚定。

陈金生摆摆手道："不用这样对天发誓的，只要你们相亲相爱，平平常常彼此关怀就好！"

当天晚上，老五就要在湖边搭鸭棚。其实他也是一个急性子。

陈秀萍却持反对态度，她说："天很黑啊，今晚又没月亮，你在湖里怎么看得见呢？"

老五说："我可以拉电灯。"

"你会拉电线吗？"

"这个简单的！"

"我看还是明天白天做吧，鸭棚也不是什么急事。"

"反正晚上闲着也是闲着。"

"可以看看电视啊。"

他房间里已有一台电视机了。

"一个人看电视也没有什么劲头。"

"你想什么有劲头呢？"

"我与你聊天就蛮有劲头。"

陈秀萍听了他的话也并不意外，因为从她内心讲，她对他也是心存感激，因为蛇岛大大小小的事情都离不开他了。这么说吧，她的心里已有他了。

只是两人隔着一层窗户纸，没有捅破而已。

而且人流手术已过去一个多月了，她的身子已完全康复，如果这时有爱情出现，她应该可以投入其中了。这么说吧，如果有男女肌肤之亲的接触，她也是可以了。不像刚做人流手术那会儿，她尽量回避他，不让他接近她。

陈秀萍想了想说："那你到我房间看电视吧。"

他不相信自己的耳朵。

她又重复了一遍："你到我房间看电视吧。"说完，她一转身就走到自己房间里去了。

他高兴得猛地跳了起来……

在陈秀萍的房间里，她赤脚盘腿坐在床沿上，老五则坐在一张小凳子上看电视。她喜欢看电视剧，而老五喜欢看歌舞，但两人在一块儿看电视，只好他依着她。

他跟着她看电视剧。

电视剧里有这样一个镜头：酒坊里，一个壮汉赤膊着，一个青年女子看着他。他端起一只酒罐一饮而尽，酒从他的嘴角流下来，流湿了他的胸膛。青年女子走近他，伸手抚摸他的胸膛，他把那酒罐甩了，"咣当"一声酒罐四裂。忽然外面风雨交加，雷电闪闪，他俩抱在一起，他大口地吻着她的嘴巴……

老五站立了起来。

他一边盯着电视，一边身子向铁床移动。

他一把抱住了她。

他也张大了嘴巴。

　　她倒在他的怀里，两张嘴巴第一次黏合在了一块儿。

　　电视里那个镜头没了，现在是广告时间。

　　而他俩没有停下来的架势，此刻他俩倒在床上亲吻着，仿佛她是一只甜果冻，他想一口吃了她。他好想一口吃十只甜果冻，他很久很久没有尝过这种滋味了。

　　当他的手想摸她下身的时候，她推开了他。

　　她说："你爱我吗？"

　　他不假思索地说："我爱你！"

　　"你愿意娶我吗？"

　　"我愿意。"紧接着他反问，"你愿意嫁给我吗？"

　　"我愿意。"

　　她回答也是干脆的。她又说："我离不开你了，但我现在不能给你。"

　　"为什么？"

　　"因为我没有结扎。"

　　陈秀萍给出了这一句话，有点儿出其不意。老五想：今晚再怎么也不能做那个事；如果做那个事，有可能让她怀孕，而她有个女儿，我有个儿子，我与她不能再生一个孩子了；如果再生一个孩子，那就是违反国家的计划生育政策了。

　　他的脑子有点乱。

　　她挣脱了他的怀抱。

　　"好了，好了。"她理着头发说。

　　"我很想要你啊。"

　　"如果我怀孕了，我的名誉不好，你的名誉也不好。"

"不会那么巧的吧。"

他仍是苦苦相求，但陈秀萍干脆下床了。她说："不是我不给你，我有我的苦衷。我答应你了，以后我们会有机会的。如果你真心爱我的话，你不要这样强逼我。"

"我没逼你。"

"你真要的话，我可以给你，但这是第一次，也是最后一次。"

看来她有点儿生气了。

她要脱裤子给他了。

他阻止她道："我听你的话。"

她一下子扑在他的怀里深情地说："谢谢你的爱。这几个月在岛上的日子，你为我付出了许多，我也很想回报你。等小岛搞得差不多的时候，我就嫁给你，我做你的新娘！"

他说："谢谢你的爱。在这个荒岛上，在你的身旁，我重新焕发了生活的勇气。以后的日子里，我更要辛勤地工作，我要做一个值得你爱的男人！"

两个人的嘴唇又黏合在一块儿了。

这天晚上，老五没有回到自己的屋子里睡觉，征得她的同意，他就睡在她的屋子里了，而且他俩睡在一张铁床上了。

而她的屋子里电灯一夜都亮着，有好多小虫子围着电灯泡飞舞。

他俩拥抱了。

他俩亲吻了。

他俩抚摸了。

但他俩没有越过那一座高山，他俩守住了底线。

一觉醒来已是早晨四时。老五想起床了，陈秀萍拉住他，不让他穿衣服。

"我要去看小鸡。"老五解释说。因为前几日每天夜里都死了几只小鸡。

"你再睡一个小时起床也不迟。"她仍然拉着他。

"今天还要搭鸭棚，还要在湖里插竹围子，有很多事情要做，不能再睡了！"

"我不让你起床是有事与你商量。"

"什么事？"

"现在小岛上这么多事，我们两个人都忙不过来了，所以我想再招几个人，最好是夫妻一档，能够住在岛上。隔壁还有两间屋子空着哩。"

"那找你哥，叫他找人去呀。"

"找我哥哪有找你哥好啊。"

"你说得对的，我哥是村主任，他比你哥能耐大多了。他见多识广，外面认识的人也多。那你就找我哥去，只要我哥答应的事，他没有不办成的。"

"就是你说的这个道理。不过我去找他没用，不如你去找他，或许他会给你出出主意的。"

"你是叫我出面找我哥去？"

"是的。你看搭鸭棚的事不急的，要不起床后，你吃一点就找你哥去。"

"我怎么去岸上啊？"

"我摇船送你过去。"

如果找到村主任，村主任能够帮助她招到几个帮工，那老五又是立了一个新功。

老五说："那我们起床吧，你送我到岸上。"

老五什么活儿都会做，就是摇船他不会。因为他年轻时，有一个冬天他学摇船，结果掉到了冰冷的河里，他吓怕哉，发誓从此不学摇船。

此时，天还没有亮。他俩便出发了。

陈秀萍在摇船，而老五坐在船艄上，就是坐在她的脚边。

"你坐到船头上去。"她一边摇船一边对他说。

"你讨厌我吗？"

"不是。你坐在这里，我摇船使不出力，怕我的脚踩着你。"

"你踩着我，我不怪你。"

"那你坐到船边上点，真的要被我踩到的。"

他屁股向船边上移了一点儿，说："要不要我唱阳澄湖渔歌给你听。"

"你会唱阳澄湖渔歌？谁教你的？"

"我妈呀。我妈是阳澄湖渔歌的好手，我从小听她唱阳澄湖渔歌长大的。"

"好，你唱呐，我想听。"

老五清了清嗓子，便唱了起来。他唱道："月亮出来了，月亮出来了，我和阿哥在船上，阿哥是船儿不怕浪，阿妹是鱼儿跳船上。阿哥阿妹来相爱，一天到晚捕鱼忙，幸福生活要编织，热爱劳动幸福长……"

陈秀萍一听，说："好听，再来一首。"

他又清了清喉咙唱了起来。

老五几支阳澄湖渔歌唱下来，小船就靠岸了。这时候，天也亮了。可见岸上人来人往的，已经开始热闹起来了。老五跳上岸，说："你要不要到街上走走？"

"我就回去。你大概几点回到这里，我摇船过来接你。"

老五说："你不要接我了，我总有办法回去的。"

"你找谁送你呀？"

"村里有快舟，我哥肯定会送我的。"

"好吧，你办好事情就早点回来，我等你！"

她摇船走了。

他在岸上默默地看着小船在他视线里消失。他想：我一定要找到我哥，求他为她招到几个愿意到岛上干活的人。我要让她快乐，我要让她幸福！

现在他甩开膀子向他哥家飞奔而去。路上他遇见了女同学月珍，月珍叫他的名字，而他一时没有想起她的名字。

"你在岛上陪着那个女人，把我这个老同学都忘记了。"

"我没有忘记你。"

"那我叫什么名字？"

"让我想想。"

结果他想了半天还是没有想起她的名字。月珍可生气了，说："以后不理你了。"

他才不生气哩。他想：你不理我就不理我好了，反正现在岛上有个女人理我的，现在我的心里只有她。再说，我现在也没有时间搭理谁，我就一门心思替她招几个手下人呵！

他又跑得飞快了。

老五一口气跑到了家里。老母亲一个人住在小屋里，他看见小屋的门开着，知道母亲起来了。他想先看看老母亲，再找阿哥去。他在小屋门口叫道："妈，在吗？"

叫了几声，没有回音。

他走进小屋，一看里边没人。这时，母亲回来了，她去河边洗青菜去了。老母亲见到他就问："老五，你在岛上还好吗？"

"我很好。妈，你身体还好吧？"

"我很好。你回来是不是特地看我的？"

"妈，我回来一个是看你，还有一个是找阿哥，有点事情求他办。"

"那你快点去找，你哥说走就要走的。"

老母亲催促他道。

"妈，找好阿哥，我再来看你。"

"好。你妈什么地方都不去，就一天到晚在小屋子里了。"

老五被老母亲推出了门外。他找到了哥哥家，只见他家的门开着，嫂子在厨房忙活，他叫了一声"阿嫂"，又问道："哥呢？"

"啊，老五，你回来啦。"大嫂看到他回来很热情。

"我找哥有点事麻烦他。"

"他还在房间里呐，我去叫他起床。"

过了几分钟，村主任一边往脸上抹着什么油，一边走了出来，对老五说："老五，你这么早，有什么事呀？"

老五说："岛上现在人手不够，想再招几个帮手，为这事我来找阿哥你了。"

村主任没有回答他的问话，而是问道："你与她现在关系有进展吗？"

老五看看他，又看看嫂子，说："差不多了吧。"

村主任听了他的话，说："这种事情还是要男人主动的。"

大嫂看了村主任一眼，说："这个你哥有经验。"

村主任也看了她一眼，说："我在说正经事，你不要插一杠哉。"

大嫂走去厨房了。村主任抹好油，说："刚才你说岛上要招人手，具体招哪个方面的人，有什么要求吗？"

老五说："最好是能够住在岛上的人，如果会养鱼养鸡、会种蔬菜就更好了。"

村主任说："村里有一对夫妻，他们是外地人，叫他们住到岛上没有什么问题，而且他们养鱼养鸡什么都会。他两我看是可以的，但不知道他们现在在哪里做。"

"那去找找他们问问嘛。"

"我吃点粥就去找。"他跑到厨房去了。

大嫂走了出来，对老五说："老五，你吃粥了吗？"

老五说："吃过了。"

大嫂说："我做的糯米饼，你要吃吗？"

一听有糯米饼，老五就往厨房里跑，他一口气吃了三只糯米饼。大嫂说："我知道你喜欢吃糯米饼的，锅里还有几只，你带在身上吧。"

"阿哥要吃的。"

"他吃过了，这几只饼你就带走吧。"

大嫂如此热情好客，老五便不客气了，他伸手拿过了那几只糯米饼。他来到老母亲的小屋，与老母亲打了个招呼。老母亲关照他经常回家来看看，还有小囡囡要多多联系，多给他点钱，不要苦了他。老母亲所说的小囡囡，就是老五的儿子，他在外地读书。

老五答应道："妈，你放心，我走了。"说完，他便跟着村主任阿哥去找那一对外地夫妻了。

村主任本来是骑自行车的，现在他没骑自行车，而是与老五一块儿步行。他说："不远，走十几分钟路就能到的。现在还早，他们应该不会出门的吧。"

老五"嗯"了一声，他心里想但愿能够找着他们。

村主任对村里的情况相当熟悉。兄弟俩来到了那一对夫妻

的暂住地，这一对夫妻就租住在一间低矮的小屋子里，他俩刚想出门去上班。

村主任叫住了他俩。

村主任把来意说了。

男的说："别人介绍的，我不会去，但你村主任介绍的，我可以答应去。但报酬多少呢？"

村主任说："报酬多少，你得到岛上与老板谈，我只是给你们牵牵线。有一点你们是占便宜的，你们夫妻到岛上就不用租房子了。还有一日三顿都吃老板的。这个比你们在这里好多了吧。"

老五说："到我们岛上，天天吃湖鲜，真的很好的！"

村主任指着老五说："这是我五弟，他就是在那个岛上，你可以跟他去岛上看看，觉得可以，你们夫妻就到岛上去做嘛；觉得不可以也可不去的。"

男的说："好吧。"

村主任说："现在你有空吗？"

男的说："现在就去可以的，中午要收割蔬菜可能没空。"

村主任说："那现在就去。"

他对老五说："我叫快舟送你们到岛上去，你领他到东边那个码头上，我叫快舟马上开过去。"

男的说："我妻子也想去。"

村主任说："你们夫妻一块儿去，那是最好不过了。"说完，他到村部安排快舟去了，而老五领他们夫妻去东边码头。他们刚到那个码头，那一只快舟也到了。

开快舟的小伙子叫小周，他认得老五的。他说："你们上来吧，坐在船舱里，穿好救生衣，在船上不要走动。"

在快舟上，那男的问老五："那岛远不远？"

老五说："不远，你看前面那个隐隐约约的地方就是我们的小岛。"

男的说："阳澄湖的风景真好！"

老五说："我们小岛风景更好。过去是个荒岛，现在越来越美了，再过几年它就是阳澄湖里最美的小岛，或许还会成为旅游的小岛哩！"

他的一番话说得这一对外地夫妻怦然心动了。

快舟乘风破浪，很快就来到了蛇岛。老五对小周说："你一起到岛上走走吧，他们要与我们老板谈事，可能需要时间长一点儿。"

小周说："没事的，我在船上等。"

陈秀萍看见有一只快舟来了，知道是老五回来了。她远远地看见来了几个人，就迎面走了过来。

老五介绍说："这是我们的陈老板。"

男的说："老板很年轻嘛。"

陈秀萍说："不年轻了，被阳澄湖的风吹得脸黑不溜秋了。"

老五向陈秀萍介绍说："这是我哥介绍的，他们是夫妻，他们会养鱼，会养鸡，还会种蔬菜。我哥说他们夫妻俩是多面手，你对他们具体有什么要求，你与他们谈谈吧。"

介绍完，他又对那个男的说："你有什么要求可以对我们老板提出来。你们谈吧，我要到鸡棚去看看。"

他向鸡棚走去。

陈秀萍问："师傅，你贵姓？"

"我姓孟，孟子的孟。"

"孟师傅，哪里人呀？"

"苏北的。你就叫我老孟好了。"

"来这里几年啦？"

"好多年了。那时候我大女儿还穿开裆裤，现在都长成大姑娘啦。"

"老孟，那你是新苏州人哩。"

他点头称是。

陈秀萍说："我带你看看我们这个小岛。这个小岛刚刚开发，现在有鱼池，也养了两百多只小鸡，过阵子还要捉几百只鸭子、放鱼苗，还要搭猪棚养猪、养羊。这个小岛很有发展前途，所以我很需要志同道合的人来一起创业。"

老孟说："这里空气特别好，在这里生活心情特别舒畅。我想问问如果我们夫妻过来，那个报酬怎样？"

做工的人自然关心报酬，如果报酬低，就无法吸引人到岛上来，这也是陈秀萍内心的一个想法。所以她问道："你现在每月报酬多少？"

老孟说："现在我们夫妻两人一年是三万八千元左右。"

"你们租房的费谁承担的？"

"这个我要实话实说的，租房费，还有早上、晚上吃的都是我们自己来的，老板只是供应一顿中饭。"

陈秀萍心里有数了。

她说："我也是才到这个岛上不久，也还没有赚到钱，但不管我挣钱，或者亏钱也好，你们的报酬讲好多少，我一分也不会少给你们的。"

老孟说："村主任对我讲过了。"

她说："这样吧，报酬也给你们夫妻两人一年三万八千元，而你们吃的与住的都是我来，你说可以吗？"

老孟问了一下他妻子。

两人轻声说着话。然后，他对陈秀萍说："我老婆没意见，那我也没意见。但我要过几天才能到岛上来，因为我要与他们交接一下，不能一走了之，做人还得讲良心。"

陈秀萍说："可以，到时我摇船去接你们。"

接着，陈秀萍把老孟夫妻领到那一排小屋前，她指着西边两间小屋说："目前这两间小屋空着，随便你们住哪一间。"

老孟说："有的住，哪间都可以的。"

陈秀萍又带他们看厨房间，她说："你们来了，我们就是一家人啦。现在只有我与老五两个人，过几天你们来了，这个饭我想让婶子兼带一下可行？"

老孟爽朗地说："行，行，我老太婆烧的菜很好吃的。"

老孟当即表态，这个小岛风景优美，更重要的是女老板待人真诚，热情好客，又有上进心，他们夫妻来定了，从此要在这里生根发芽！

　　陈秀萍请老孟夫妻在岛上吃饭，老孟夫妻说有事要回去，反正以后就在岛上，天天要在这里吃饭了。于是，她送他们夫妻俩到快舟上。当老五赶到时，那快舟已经开远了。

　　老五问："他们愿意来吗？"

　　陈秀萍说："他们答应了，过几天就来。"

　　老五想问问他俩的报酬是多少，但话到了嘴边还是没说出来。这是老板与他们之间的事，与自己没什么关系，他这样想。

　　他嘿嘿一笑说："他们来了，我可有点思想问题。"

　　"你有什么思想问题？"

　　"他们来了，我还能到你房间睡觉吗？"

　　"你说呢？"

　　"我想应该还是可以的。等他们关门睡觉了，我可以溜到你房间里睡觉。不过没有现在这样自由自在了。现在这个岛就是我与你的世界，你像马一样叫也没人说你的。"

　　"你才像马一样叫。"

　　"我是打个比方，不是说你像马。"

　　"说我像马，我也不生气，因为做人就要像马一样，马不停蹄一直向前，还有马到成功。"

　　他走过去一把抱住她。

　　她说："大白天的，老天都看着我们呢。"

　　"那我们到屋子里去。"

"万一有人到岛上来怎么办？"

"现在哪会有人来呢！"

"不要了吧，我早晚会给你的。"

"我现在就想得到你！"

这时候，有一只机挂船向蛇岛开过来。陈秀萍说："你说没船来，不是有船在开过来吗？"

老五一边放开她一边说："早不来晚不来，偏偏这个时候来，真是扫兴。"

而陈秀萍捧着肚子笑个不停。

这一只机挂船上不是别人，而是陈秀萍的哥哥陈金生。他与妻子吕仁花一块儿来了，他俩是送一船鱼苗过来的，看上去机挂船像装运了一船湖水。

陈秀萍眼尖，船还没有靠岸，她就对陈金生说："哥，船上是不是鱼苗呀？"

"是的。他们说今天不提走鱼苗，就要被别人提走了，所以我与你嫂子一合计，就把这些鱼苗都提过来了。我想早点下鱼苗也好，这一件事情便可放下哉。"

"那我叫老五过来。"

老五一个人在搭鸭棚，他不想看见刚才来的人，因为是他们打破了他的一个"美梦"。

陈秀萍说："我哥嫂送一船鱼苗过来了，要马上把鱼苗下到鱼池里。"

"是你哥嫂啊。"

"你快点。"

"好，我马上去。"

他跟在她的屁股后面，走得很快。他说："你的屁股滚圆滚圆的，真像一只大西瓜。"

她回头说："你开玩笑不看天时，现在不是说笑话的时候，我哥嫂在船上等呐。"

他说："今天晚上让我好好抱抱你。"

她说："可以，快点跑吧。"

两个人上气不接下气的样子。

陈金生对老五说："这里有粪桶吗？最好粪桶里放点水挑鱼苗，然后将鱼苗倒在鱼池里，这样鱼苗就不会被碰伤的。"

老五想，他说得有道理。老五便去找粪桶了。

陈金生看着他的背影，笑道："这个人蛮有意思的，什么时候做我的妹夫呢？"

陈秀萍一下子脸红到耳根了。

在机挂船上，陈金生将鱼苗捞到粪桶里。

而老五则挑着一担装满鱼苗的粪桶至鱼池，然后将鱼苗倒在鱼池里。看见鱼苗在鱼池里游动，老五有一种心花怒放的感觉。他连续挑了十几趟才将一船鱼苗挑完。

陈金生告诉老五，鱼苗要吃水草，那得耥水草给它们吃。

老五知道阳澄湖水底水草密布，但没有耥水草的耥草刀。所以他对陈金生说："你有没有耥草刀？"

陈金生说："我有的，但好多年没用了，那竹杆可能风化了，那刀也肯定钝了。"

"那怎么办呢？"老五一筹莫展。

见此，陈秀萍说："不用你动脑筋，让我哥去做一把新的稻草刀吧。哥，你说行不行？"

陈金生朝她看了一眼，说："不知道街上还有没有这种刀，好像原来有个铁铺子，关门已有好几年哉。"

陈秀萍说："哥，你有的是办法，稻草刀的任务交给你了。"

吕仁花对陈金生说："你到街上寻寻看。不是经常看见阳澄湖里有稻草船的吗，他们的稻草刀又是从何而来呢？肯定有地方在做这个稻草刀的。"

陈金生说："那我拜托你了。"

吕仁花说："你拜托我就拜托我，我总归搞得着稻草刀的。"

陈金生不知道陈秀萍已经与老孟谈好了，过几天老孟夫妻就来这个岛了，他说："这个养鱼不那么好养，你应该招一个懂养鱼的人来，不然鱼苗真的全要死光的。"

陈秀萍说："今天早上我已找着一对夫妻了，过几天他们就要来了。听村主任说他俩是养鱼行家，所以你不用操心。"

"他们叫什么名字？"

"他说他姓孟，就是孟子的孟。"

"呵，我知道了，他们夫妻来我们村里好多年了，我熟悉他的，他养鱼应该讲本事不小的。"

陈秀萍找的人得到了哥哥的认同，她的心里更加笃定了。

老五干活很是卖力，挑粪桶放鱼苗来来回回十几趟不说，

还一个人在湖里插竹子。至于插了多少根竹子也没有做统计，做鸭棚围栏也的确很是累人。

陈秀萍在做晚饭，她在湖边摸了半篮子螺蛳，就做酱爆螺蛳，这个菜是老五最喜欢吃的菜之一。老五还喜欢吃红烧肉，但没有人上街，没有办法弄到猪肉。而螺蛳要多少就能在阳澄湖里摸到多少，而且不用花钱。

天都暗了，老五还没有歇工。

陈秀萍晚饭做好了，在等他收工吃晚饭。

她迟迟等不到他。她就去叫他。

他说："快好了。忙碌了几天，今天可以完工了。"

她说："那好了你就来吃晚饭。"

"你做了什么好吃的菜呀？"

"有你喜欢吃的酱爆螺蛳。"

"酱爆螺蛳是我喜欢吃的，你知道我还喜欢吃什么吗？"

"红烧肉吧。"

"嘿嘿……"

陈秀萍越来越有魅力了。如果说老五第一次见到的她是一枚青辣椒，现在的她就成了一枚让人充满食欲的红辣椒了，让男人一见就流口水的红红的辣椒，一个含苞欲放的辣妹子。

当天晚上，两个人面对面地坐着吃晚饭，就像一家人似的。而过几天老孟夫妻的加入将打破他们的两人世界了。

"螺蛳味道好吗？"陈秀萍问。

"你看一碗螺蛳都是我吃的，不好吃我能吃这么多吗？"老五一边说，一边不停地吃螺蛳，他的嘴巴油光光的。她听他这么说，心里也就甜蜜蜜了。

"你喜欢吃，明天我还去摸螺蛳。"

"以后我做一口稠螺蛳的网，在湖里稠几网就够吃几天了。"

"对的，这个办法好。"

"哎，就是过几天，那一对老夫妻来了，那我们吃饭就没有现在这么自在了。"

"是的，到时候，你说话可不能乱说了。"

"好。我吃好了，下面一个节目，就是嘿嘿……"

"谁怕谁？"

听她如此说，他很是得意地笑了，欢快地跑到湖边洗手去了。而他的这种得意带着一种"如愿以偿"的味道，因为他今晚就能梦想成真了。

他洗手回来，她对他说："你不洗澡吗？"

他一下子笑了，自己只顾洗手，而忘记了应该洗澡的。

他就说："我马上洗澡。"他心里别提有多美了。她已暗示他了，这个晚上，她就是他的了。

外面的天空，月亮弯弯，多么宁静的一个夜晚啊！

当老五在湖里插竹子的时候，陈秀萍已烧好了一锅热水。

她想得真周到。

现在，老五不用烧热水，他直接提了一桶热水洗澡去了。

他洗澡的时候，陈秀萍走了过来。

那时候，他是赤身裸体的。

她说："我给你擦背吧。"

他说："好。"

她就拿过他手里的毛巾给他擦背，说："你身体很棒，像小伙子一样。"

他说："也老了。以前年轻的时候，冬天在湖里游泳都可以的。现在身体不如从前了，今非昔比。"

她哼了一声。

她问："后背擦好了，我给你擦前面吧。"

他也哼了一声。

她与他面对面了。

她笑嘻嘻说："你想要吗？"

他的双手不自制地按住了她的头。

她像吃一只甜蜜的香蕉。

就这样用这种方式，他们完成了第一次的亲密接触。这天晚上，他又睡在她的房间里。她对他说："过几天我有空就去上环。"

他说："这世界上，你是对我最好的女人。"

陈秀萍与老五领取了结婚证。

他们用智慧与勤劳的双手装扮着蛇岛。

他们一直相亲相爱着。

如今一晃二十多年过去了，蛇岛真的成为了阳澄湖里最美的小岛。一年四季，这里瓜果飘香，蔬菜常青，树木常绿。蛇岛上饲养的草鸡与鸭子全部被岸上一家大饭店包去了，供不应求。蛇岛上养的鱼也被这家饭店包去了。

只是几间猪棚一度空着，因为当地政府不许在阳澄湖周围养猪，养猪对阳澄湖的水质会造成一定的伤害。后来这些猪棚就改成羊棚了，春天的时候小岛上放养了上百头湖羊，远远看过去就像一朵朵白云漂浮在阳澄湖的水面上，成为阳澄湖里一道美丽的风景。

现在，夫妻俩又在蛇岛办起了农家乐。

陈秀萍把哥哥与嫂子都请到了岛上，这个饭店就交由哥嫂打理。当然这个饭店生意也是十分红火。

蛇岛的美名开始远扬，各地的游客慕名而来，蛇岛已有快舟接送游客。据说，有一家电视台的编导也慕名来到了蛇岛，他拟拍一部电视剧，把陈秀萍与老五的爱情故事搬上荧屏。

这真是：

朝霞映在阳澄湖上，

芦花放，稻谷香，岸柳成行。

全凭着劳动人民一双手，

画出了锦绣江南鱼米乡……

2017 年 10 月 19 日于阳澄湖

附 录

读蒋坤元的小说《蛇岛》

文 | 齐帆齐

　　苏州作家蒋坤元《蛇岛》这部小说，它以白描风格讲述了一个女人在婚姻中遭受挫折，没有自怨自艾，依然昂扬向上，把生活、事业经营得越来越好。

　　它的背景是在江苏苏州的阳澄湖，20世纪90年代，属于乡土故事。

　　很多著名作家，都因写出属于自己特有的"地名"而根植于人心。如莫言的山东高密，张爱玲的大上海，马尔克斯的马孔多小镇，池莉的武汉汉口。

　　我在蒋坤元的小说里，对苏州的阳澄湖有了更深的印象。

　　蛇岛，一个停船的小岛，这个藏在阳澄湖中的小岛，低调到你在地图上都找不到它的名字！

　　但是，蛇岛现在被许多人知道了，因为一个女人。这个女人叫陈秀萍。

　　陈秀萍出生于渔人之家，且她就是在渔船上出世，五岁就会游泳，打小她就会划船、捉鱼弄虾。正所谓人是被环境影响的，靠山吃山，靠水吃水。

在这部小说里，我看到了湖边人生活的习惯和场景，如快舟、机挂船、稛螺蛳等等，对于我来说都蛮新奇的。

陈秀萍有过一段不幸的婚姻，她丈夫张大伟，绰号"飞来疤"，好吃懒做，吃喝嫖赌。

陈秀萍独自扛家，她忍气吞声，委曲求全，只是为孩子能有个完整的家。这也是大部分女人在面对婚姻失败时的处理方式。

张大伟却并不珍惜这样的机会，不珍惜陈秀萍这样的好女人。他在外面不止一个女人，而是有两个情人，其中一个还是比他年长、有点亲戚关系的女子，简直就是滥情。

陈秀萍到底是陈秀萍。她给了张大伟机会，他依然死性不改，陈秀萍果断写好离婚申请书，找到村妇女主任，终于摆脱了这一段无望的婚姻。

某天，陈秀萍听说蛇岛可以承包，她就找到村主任，大家都很佩服她的勇气。

在她的坚持和政府帮助下，三十八岁的陈秀萍成功包下了五十亩的蛇岛。

看得出陈秀萍是个有想法、有野心的人，她把蛇岛当成自己的一份事业，让蛇岛成为盛产鸡鸭鱼虾且瓜果飘香的桃花源。她要做这桃花源的主人。

陈秀萍是有魄力，也敢于行动的女子。

陈秀萍在蛇岛上度过了风雨交加的第一夜，但她心里却有了一种崇高的感觉，是那一种要在蛇岛干一番大事的感觉。

当时，那里没有电，陈秀萍用的是煤油灯。在蛇岛的第二个夜晚，有两个男子远远看到帐篷里微弱的灯光，想过来看看，发现了陈秀萍这个美丽丰满的女子，便起了歹心，轮奸了可怜的陈秀萍。

囿于人言可畏，自己还想开发蛇岛，陈秀萍不敢张扬此事，只有把苦水往肚子里吞。

小说里让我感动的，还有陈秀萍哥嫂的朴实热心，姑嫂关系如此和睦而让人动容。

他们要盖几间房子，要拉上电。在村主任的帮助下，电很快就通了。村主任还安排自己的弟弟老五来岛上帮忙。

老五是单身，有个儿子，妻子一年前去世。他勤劳肯干，为人正派，对陈秀萍非常欣赏。

他的到来，让陈秀萍内心感到踏实安稳。她不用再害怕坏人的袭击，做任何事都有了个好帮手。

他们扎篱笆、挖鱼池、养鸡……忙得不亦乐乎。

陈秀萍没想到，那晚被强暴的屈辱并没有完，她怀孕了。她知道是那两个恶魔种下的恶果，她独自去做了人流手术。

她回到岛上时，远远看到老五在岸边等她。那晚，老五做的一碗鲫鱼汤抚慰了陈秀萍那颗千疮百孔的心。

他们的心越走越近，都把对方当成自己值得信赖的人。

因为想养鱼，想让蛇岛更快有更好的模样，他们又请来了苏北人老孟夫妻。大家齐心协力，蛇岛越来越兴旺。

最后配套有农家乐，各种旅游项目。陈秀萍就是这座蛇岛的岛主，大名远扬。

她和老五领取了结婚证。

历经苦难、饱经风霜的陈秀萍，终于实现了爱情和事业的双丰收。

本部小说，就像是很亲切真实的身边事，怀疑作者写的就是真实故事。陈秀萍这样的人物形象，也代表了无数不甘被命运摆布的女子，不轻易对生活妥协，敢于追求自己所想要的一切。

桃花岛不常在，陈秀萍不常有

文 | 秋天

今年，本想借着烟花三月，去扬州看看，可琐事缠身，不得去；今年五月，鲜花簇拥的月份，我对四月盛开的樱花念念不忘，我感慨春天之短，我悲叹时光之快，我怕是无法抓住了。

素来喜欢安静的我，进了一个无比热闹的社群，在这里，我择一处僻静，欣喜地发现了很多我不曾知道的世界。这些世界里有很多老师，有很多热心的话语，还有很多故事，其中一个故事就是《蛇岛》。

初次读来，不觉时光匆匆，只觉得一切都变慢了，慢得连看地图都觉得快乐，因为我要找一个叫蛇岛的地方；正如蒋老师笔下所写，这是在地图上也找不到的一个地方。这个地方竟然是人间桃花岛，和我想去的未必是一个地方，但是阳澄湖的湖水一定滋养了无数鱼虾蟹，也滋养着我的心灵。

我想陶渊明应该会觉得安慰，因为他遍寻的桃花源，其实何止一个。虽然桃花岛不常在，世俗的人们未必能够找得到，但是陈秀萍却带着无比的向往，去开荒拓土，去打造了一个让周围人难以想象的世外桃源。

很难想象，任劳任怨，将自己的一切奉献于家庭的陈秀萍，竟然能主动地拟出一份离婚协议。这也是她正式地拿起笔，开始指点自己的人生。

"飞来疤"是有多不知足，有陈秀萍这样能干的老婆，竟然会出去鬼混，一次，两次，次次骗陈秀萍；鬼混的对象还不止一个。这让陈秀萍的心慢慢死了，她一定是期望过"飞来疤"能痛改前非的，毕竟两个人有一个可爱的孩子。

可是男人一旦变成"渣男"，可能十头牛也拉不回来了；因为他的心已经不再是当年的那颗红心了，而陈秀萍的心也千疮百孔了。

幸福的婚姻大抵一样，不幸的婚姻却各有各的样子。命运将陈秀萍推到了十字路口，她只有含泪交出孩子的抚养权，孤身一人踏上蛇岛，千难万苦也不怕，有什么比重生更让人热血沸腾？

可是现实生活中，又有几个人能像陈秀萍一样坚强，一样努力，一样不抛弃不放弃，将自己的血泪埋在心底？她何尝不想相夫教子，她何尝不想焐着热被头，做一个温柔的妻子？可是命运没有给她机会。

她便放手一搏，这一次，她赌上了自己的后半生。

人生有时候就是这样，如果自己把自己完全交给了奋力拼搏，它多半会给你一个迎头的微笑。

创业的初期，陈秀萍遭遇了人身的袭击，这伤一直在她的心里，噩梦一般。可是她是一个彪悍的女人，因为她的童年生活让她有了男人都没有的坚韧。

当磨难一拨接一拨袭来的时候，我们要知道，这是上苍对我们的磨练，因为"天将降大任于斯人也，必先苦其心志，劳其筋骨，饿其体肤，空乏其身，行拂乱其所为，所以动心忍性，增益其所不能"。

她虚弱地指挥着男工，盖房子，挖鱼池，蛇岛通电……这里有了老五这个憨厚老实的男人，十分符合陈秀萍的心意。

从此老五协助陈秀萍，在这荒无人烟的蛇岛上共同生活，一起创造世间最美的桃花岛。这相濡以沫的爱情在阳澄湖的波光里含苞欲放。

众人催着老五，要加油。男人，什么时候该主动，不明白吗？

我看得也是心急，不过我是放心的，因为老五不会做出格的事情。这对陈秀萍来说，无疑是一件大好事。让彼此的好感都存在心里，存在眉眼里，存在归心似箭的步伐里，存在黑夜小屋静守的灯光里。

蛇岛那杂草丛生的黑夜里，侧耳细细听波浪拍案，白天看鱼池里的鱼儿鲜活地蹦跳。陈秀萍下湖捕鱼，傍晚听风声习习，望一眼恋人依依。蛇岛是一个鲜花终将盛开的桃花源，因为有陈秀萍，她就是创造奇迹的关键呀！

如果给你一个岛屿的馨香扑鼻，你愿不愿和我一起漫步在蛇岛，看看阳澄湖的蟹在水里扑腾出怎样的水花？你愿不愿素手拈花，看一眼这本以白描手法真实呈现出蛇岛风景的书？无须多言，只消静静地去品读。

活着，本是一场人性的表白

文｜虹颜霞雨

这回我恋上了《蛇岛》。没有轰轰烈烈的情节，平实清淡的文字，越读越有别样味道。

小说《蛇岛》是苏州作家蒋坤元的作品，整部小说围绕一个因丈夫背叛而离婚的女人，讲述了她只身来到阳澄湖名不见经传的小荒岛，在亲朋和政府的大力扶持下，历经坎坷，成功逆袭，最终爱情、事业圆圆满满的故事。

这个小荒岛就是蛇岛。

这个女人名叫陈秀萍。

阳澄湖土生土长，母亲生她在"网船"上，五岁时学会游泳，是地地道道的渔民。二十岁结婚成家，丈夫张大伟吃喝嫖赌。像许多普通女人一样，因为爱孩子，她挽救过，但最终无法忍受，任凭丈夫赖皮纠缠，坚决选择了离婚。尘世的风吹浪打，离婚没使她溃败，得知蛇岛寻找承包人的信息，第一时间联系村主任，写下承包申请书，立志要做蛇岛主人。从此她一路追梦，风雨中奔跑，更加坚韧、执着地活着。如澄明圣洁的湖水，闪烁着人性之美。

只身一人来到荒岛，有太多的不可预知。第一天夜里突降暴雨，所有用具和粮食被雨淋湿。她不慌乱，拿出看家本领，网起一条鲢鱼，做了一锅鱼头汤。毫无惧色，从容到天明。

又一个夜里，她沉沉睡去，疲惫安详。歹徒闯入帐篷，她遭遇噩梦一场。惊醒之后，用阳澄湖水洗刷，但洗不尽心中的耻辱。思来想去，体味世态炎凉，选择独自隐忍，封存记忆。

或许，人世这本大书，读起来并不轻松。通往梦想的路途注定荆棘密布，痛过的伤口，唯有在时间的流逝里慢慢结痂。

面对不曾经历的痛楚，陈秀萍始终以意气风发的斗志，与天地抗争，自我劝解，走出阴霾。勤劳和智慧，使小女子活出大男人的姿态。

活着，冷暖自知。美好人性播撒的光芒，汇成爱的磁场，充满温情。会有人和你惺惺相惜，会有人为你全力以赴。

当初让老五来岛上与陈秀萍做伴，全是他哥哥——村主任的提议，一半出于私心，一半出自领导关怀。老五到蛇岛，吃苦耐劳，给予陈秀萍垦荒中不可替代的协助，来来去去间，两人日久生情，老五如愿抱得美人归。

小说人物个性鲜明，并不复杂的一幕幕生活化场景，自然将读者带到阳澄湖所处的这个江南水乡。随着故事的缓缓推进，机挂船、小木船、快舟，眼前铺展开一幅唯美宁静的湖景卷轴画儿。真实细腻的笔触，透露着似曾相识的烟火况味。小岛开发初始建设房屋，搭棚挖池，点灯拉线，直至后来养鸡养鸭，种花种果，无一不存在于生活中。

作者信手拈来的调侃笔调，深厚的语言功底，让小说生出几分轻松诙谐,在感受浓郁的地方特色时大呼过瘾。诸如"酸白酒""白相""塌你的台""玩玩跑路的""活赤佬""额角头""浑水不落外滨"……其中亲友关切的话语,齐心的行动,政府的支持,于平凡的细节中诠释着人性的真和善,读来亲切暖心。

当然,如现实般,生命的存在有其独特的弧线,人性中也会有卑劣与鄙夷。陈秀萍前夫的嗜赌成性、风流败坏,情妇的恬不知耻,歹徒的肆虐狂暴,都深刻揭示出丧失人性的丑恶,从反面形成冲击,强烈的对比中,表达作者爱憎。"卑鄙是卑鄙者的通行证,高尚是高尚者的墓志铭",丑恶总归在活着时如同死去,真善美穿越时空而永恒。

在放下小说的那一刻,还在垂涎《蛇岛》中的美食:虾粥,猪头肉面,酱爆螺蛳,米饼,野葱蛋炒饭……这些原生态的美味哟!

我想作家蒋坤元定因懂爱而生爱,因生爱而心怀大爱。人性闪耀的核心不就是爱吗?

活着,本是一场人性的表白!是非善恶,何去何从,《蛇岛》给我们太多思考。

突生奇想:晨曦初露,阳澄湖面,烟雾轻扬,如笼薄薄白纱。放养在蛇岛的湖羊,宛若洁白的云团,隐隐约约。观光蛇岛,会和《蛇岛》中的谁邂逅?

阳澄湖上的世外桃源

文 | 北京彩虹

　　她告诉你，既然自己选择了这一条路，不管风雨交加，不管前方多遥远，也要坚定不移地走下去。

　　最近几天读了蒋坤元老师的小说《蛇岛》，内心不免有些感触和想法，一一记录下来。

　　这部小说的背景设置在作者熟悉的阳澄湖，讲的是我们身处的这个大时代发生的事情，主要通过线性时间顺序，描写了女主人公的生活经历，展现出新一代女性自强自立、坚韧不拔的精神。当然我自己也被女主人公陈秀萍不屈不挠、坚定不移的精神所打动，不免扪心自问：如果处在她的境地，自己会做出怎样的选择，能否付出她那样的努力？

　　作者笔下的陈秀萍心怀梦想，她干净利落地结束了名存实亡的不幸婚姻，一个人勇挑重担，承包了阳澄湖上的蛇岛，想把蛇岛打扮成阳澄湖的花果山。实现梦想的道路上阻力很多，过程也是曲折的，她，一个单身的女人，历经千辛万苦，忍辱负重，百折不挠，终于脚踏实地地把她的理想变成了现实……陈秀萍的朴实善良、坚毅果敢、好学和能干使她重获老五的爱情，并且两人最终携手，将蛇岛建设成为他们幸福的世外桃源。

小说在主人公到达幸福的巅峰时刻戛然而止，从此"公主"和"王子"在桃花岛上开始了"三生三世十里桃花"的幸福生活，给读者留下意犹未尽之感。

整篇小说语言简洁朴实，没有任何艳丽词藻以达到哗众取宠的目的。

人物对白紧密地贴合性格。陈秀萍的语言比一般意义上的村里人要更有底蕴一些，时不时说出一些四字成语，也借此反映了女主人公是一个有文化、有内涵，视野和格局非同一般的女子。

结构紧凑，以不同的场景展现小说发展的进程以及主人公命运的跌宕起伏，展现了人物性格以及她的远见卓识，还有她同兄嫂血浓于水的亲情关系，以及跟恋人的感情发展历程。

通篇来看，作者通过巧妙构思和情节设置，赋予女主人公坚强的意志品质，最终使陈秀萍从初始的处于苦闷婚姻中的被动女人，成长为值得拥有幸福的事业有成、婚姻美好的女人。

通过这部小说，蒋老师把对"写东西"的理解也穿插其中，用生娃来比拟相当贴切，读来让人忍俊不禁，掩面而笑。不信？请看下面精彩的描述：

陈秀萍说："好久没写东西了，不知道从哪里写起。真是万事开头难啊。" 其实，在这之前她已写过那个离婚申请书，对写东西并不陌生。

村主任哈哈一笑，说："再难也没有你们女人生小孩难啊！有的女人使劲也生不出小孩来，那就叫难产。你看，生孩子就像坐在鬼门关上，稍有不慎真的就会出现人身伤亡啊！"

另外，所谓言为心声，文以载道。蒋老师也以这部作品作为载体，表达了他作为前辈，给爱好写作的年轻人指明了一条通往理想的道路。

蒋坤元老师曾经说过："一个人不要看得那么不太实际，好好地写文章，一步一个脚印，这样才可能到达你的目的地。我想说，你现在写作——真正坚持下来写作的不会有太多，如果坚持下来，你就会成功。"

任何一条通往成功的道路都不可能是一马平川的。如果选定了一条我们心甘情愿要走的路，那么就死磕到底吧。

写作路上，为了心中的世外桃源，让我们携手努力，一起共勉。

汪国真诗曰：

我不去想是否能够成功，

既然选择了远方，

便只顾风雨兼程。

敢于选择在自己婚姻中去留的女人

文 | 逐梦水乡

　　不是所有女人都那么幸运，能遇到一个爱她疼她的老公，从一而终；不是所有女人都屈服于不幸的婚姻，苟且凑合，忍辱偷生。

　　《蛇岛》是蒋坤元的一部长篇小说。小说中的女主人公陈秀萍就是一个婚姻不幸的女人，但她没有因为遇到"渣男"，屈服于命运的摆布，而是主动拿起法律的武器，走出那段不堪的婚姻。她用勤劳的双手，自立自强，改写了自己的命运。

　　陈秀萍出生渔家，长在阳澄湖，五岁时就跟随父母打鱼，也练就了她不服输的野性。谁料第一段婚姻，丈夫"飞来疤"张大伟好吃懒做，吃喝嫖赌，不务正业。

　　陈秀萍起初也像大多数女人一样，为了家庭的和睦，为了孩子有个完整的家，忍气吞声，逆来顺受。即便这样，她也没博得老公的欢心、悔改，他死性不改地在外勾三搭四。陈秀萍在万般无望的情况下，毅然决然一纸离婚书斩断这一段不幸的婚姻。

　　离婚后，她没有自暴自弃，没有寻死觅活。她深知只有自己才能救赎自己，只有自己才能改变自己。于是在得知村委会要招人承包蛇岛时，她自告奋勇地申请承包蛇岛。

一个女人在遭遇不幸婚姻后，还能满腔热血投身蛇岛，自力更生，真的是可歌可敬！

在蛇岛的第一晚，陈秀萍孤苦伶仃，屋漏偏逢连夜雨，一场大雨淋湿了她带的粮食和家什。饿着肚子的她拿出看家本领在湖里网起一条鲢鱼，美美地吃了一锅鲜鱼汤，憧憬着新的生活。

一个月黑风高的夜晚，两个歹徒看到蛇岛上闪烁着煤油灯光，乘机摸黑上岛，结果看到一个美丽丰满的少妇，丧尽天良的狂徒轮奸了手无缚鸡之力的她。屈辱、愤懑、悲痛欲绝的陈秀萍再一次被命运推到了谷底。

命运为何要这样一次又一次地捉弄一位弱女子？

孟子曰："天将降大任于斯人也，必先苦其心志，劳其筋骨，饿其体肤，空乏其身……"

正是有了这些挫折、磨炼，才有后来终于过上幸福生活的陈秀萍。坎坷可以激励人奋发有为，磨难可以促使人勇往直前。

于是，她用阳澄湖的湖水一次次地洗刷着自己的屈辱，把自己的遭遇一点一滴地融进每天不停的劳作里，以此来忘记这一切。

陈秀萍遭遇歹徒强暴后，依然没有对生活失去信心，而是化悲痛为力量，更努力、坚强地生活。这是最值得我们学习的地方。她笑对生活的精神是可贵的，这是她身上的闪光点。

小说既有对真善美的呈现，也有对假恶丑的抨击。她哥哥嫂嫂的大力支持，亲情的温暖，村主任的无私帮助，让陈秀萍看到美好生活的希望。

村主任的兄弟老五，老婆一年前死后，一直单身。村主任想促成他和陈秀萍结为一对，就有意叫他去蛇岛帮陈秀萍打工，而早就对陈秀萍有好感的老五更是求之不得。

老五到岛上后，处处体谅陈秀萍，给她出主意，挑重活做。两人日久生情，加之村主任的极力撮合，成就了他们一段好姻缘，他们开始了美满的幸福生活。

终于，蛇岛在他们精心打造下，真的成为了阳澄湖里最美的小岛。一年四季，瓜果飘香，蔬菜长青，树木常绿，湖羊肥壮，到处呈现一派繁荣的生机勃勃的景象。

小说反映的就是我们现实的生活。有些女人在遇到不幸的婚姻时，自甘堕落，不敢挑战，苟且偷生，还美其名曰是为孩子好。其实，孩子在父母维持的假象婚姻中，并不能健康成长。

每个人的命运都是掌握在我们自己手中的，你敢于和邪恶抗争到底、敢于挑战自己、敢于直面挫折，幸福的生活就会向你招手。

是的，一个敢于自主选择在自己婚姻中去留的女人是勇敢的，也是幸福的。

女人通往幸福的 4 个密码

文｜田心语

初入社群的时候，我就看到很多文友在写关于蒋坤元老师的小说《蛇岛》的文章。出于对蒋老师和这部小说的好奇，我决心抽个时间来读一读。

昨晚，我用三个小时的时间通读了小说的内容。说实话，故事情节真的很精彩，读完最后一章，我仍意犹未尽。

小说的女主人公陈秀萍用自己的双手和智慧改写了命运，获得了幸福，把一手的烂牌打得风生水起，从而成为了人生的赢家。

我们每个人都渴望幸福，也拼尽全力在追求幸福。怎样才能拥有幸福，有没有通往幸福的密码呢？

从陈秀萍的身上，我找到了女人通往幸福的密码。当然，这也是男人通往幸福的密码。

密码 1：舍弃

很多时候，我们要学会舍弃，尽管心里有万般的不舍。

面对多次出轨又屡教不改的丈夫"飞来疤"，陈秀萍最终选择了离婚。

她一开始因舍不得孩子，所以一忍再忍；可最终非但没有换来浪子回头，反而让"渣男"变本加厉。

舍弃婚姻和家庭对于大多数女人来说都是最迫不得已的选择，但凡有一点希望，她们都愿意去争取。

可有时候，对于改变不了的事实，我们还是勇敢面对，坦然接受比较好。

固执的坚持和无用的挣扎只会让我们卑微到尘埃里，丢掉自尊，失去自我。

密码2：独立

女人一定要独立，不管是在经济上，还是在精神生活上。

陈秀萍最后果断地离开了"飞来疤"，因为她相信凭借自己的力量可以拥有更好的生活；离开那个"渣男"，她能活得更好。

女人可以依靠男人，但绝不要依附他。偶尔的依靠会增进感情，长久的依附只会加深矛盾。

独立意味着自由，更意味着自强。

经济独立，你才可以按需购买自己喜欢的东西而不必担心有人会说你"败家"。精神独立，你才可以把身心释放到更大的空间和更远的地方而不至于闲着没事，守着男人转。

独立是女人通往幸福的关键的密码。

密码3：勤劳

勤劳是中华民族的传统美德，也是女性的象征性的品行。

陈秀萍不怕苦也不怕累，独自一人踏上了那座荒芜的孤岛，用自己勤劳的双手开荒拓土，建造了房屋，饲养了鸡鸭，栽种了果树，把蛇岛打造成了无数人向往的桃花源。

正所谓：勤劳致富。

一个人只要足够勤劳，未来的生活就不会太差，以后的人生也不会平庸。

密码 4：信念

陈秀萍永远忘不了那个夜晚，带给她深深的耻辱。

被强暴后的陈秀萍大哭了一场，接着用清澈的湖水清洗一身的肮脏，然后又踏上了筑梦之路。

后来，她又一个人去医院做人流手术，默默地承受着身心的疼痛和煎熬。

活着就要承担责任，承受痛苦。生活不易，生命可贵，所以不管何时，请珍惜自己。

蛇岛的未来一定会很美好！正是这样的信念支撑着她一路走下去……

信念是一件很神奇的法宝，它能帮助我们披荆斩棘，战胜一路上的困难；让我们所向披靡，抵达胜利。

有了信念，我们便有了力量。当我们相信幸福就在不远处，我们便会不遗余力地向前奔跑。

生活就是小说，我们每个人都是主角。怎样才能演绎出自己的幸福人生，决定权在你自己的手上。

不畏艰难困苦，创造美好生活

文｜张黄花

读完我们苏州本土作家蒋坤元的小说《蛇岛》，感慨颇多！

《蛇岛》主要讲述了女主人公陈秀萍遭遇了婚姻的失败：她的前夫"飞来疤"好吃懒做，五毒俱全，陈秀萍在忍无可忍的情况下，果断与他离婚。而后有着男人一样的魄力和长远眼光的她，努力争取到了阳澄湖中一个小岛——蛇岛的承包权。在岛上，陈秀萍不畏艰难困苦，在她的哥嫂和单身中年男子老五的全力帮助下，在岛上建造房子，开挖鱼塘，养殖鸡鸭，种植绿化，历经千辛万苦，终于把蛇岛这样一个荒凉之地一步步建成一个美丽诱人的世外桃源。最后，陈秀萍也与真诚善良的老五结为夫妻，实现了事业与爱情的双丰收。

小说《蛇岛》采用了白描的手笔，语言非常朴素，很多地方还用上了或许只有老苏州人才能读懂的方言，例如"白相""浑水不落外浜""额角头""活赤佬"等，读着更加自然和亲切！

而《蛇岛》这部小说讲述的背景就是我们美丽的阳澄湖。阳澄湖湖光秀丽，风景如画，我们苏州人对阳澄湖都有着深厚的感情。

恰巧，我的新家就在阳澄湖边上，站在楼上向远处眺望，前面就是阳澄湖广阔的水域，水面时而波光粼粼，时而白雾茫茫。每当晨曦微露，朝霞从东方冉冉升起，我仿佛看见陈秀萍一边摇着一只小船飘荡在水面，一边用苏州的吴侬软语唱着优美的歌曲，歌声也随着水波一路荡漾开去。

美丽的阳澄湖流域乃至整个苏州地区，水网密布，河湖众多。盛夏，在这些清冽的河水中，又随处可见碧绿碧绿的荷叶，挨挨挤挤，像一个个圆盘，而在一片片荷叶中间撑出的一朵朵荷花更是千姿百态，娇艳欲滴。荷花她那"出淤泥而不染"的高贵品质被大家所赞赏，而我觉得《蛇岛》中女主人公陈秀萍身上正具有荷花的这种高尚品质。她先是嫁了一个吃喝嫖赌样样都会的无赖，真是一朵鲜花插在牛粪上；而后又在蛇岛遭遇两个歹徒的轮奸，心灵再受重创。但陈秀萍依然洁身自爱，百折不挠，不屈从环境，不自暴自弃，照样安身立命，追求完美。正如周敦颐《爱莲说》曰：予独爱莲之出淤泥而不染，濯清涟而不娇，中通外直，不蔓不枝，可远观而不可亵玩焉！

再从作者创作小说的时代来看，现今正是改革开放取得丰硕成果的时代，我们苏州人的物质生活水平大大提高。然而在物质生活极大丰富的同时，我们是否要等一等还未跟上的灵魂？

我常常听到我们渭塘小镇上某某女人嗜赌如命，结果把家里的房产输个精光；又常常看到大街上灯红酒绿的夜生活中，那些所谓的"小姐"出卖着自己的肉体与灵魂；暴富的"土豪"喜新厌旧，包养"小三"……这样的事例不一而足。

而蒋坤元的小说《蛇岛》的及时推出，正是为这些走入歧途的妇女姐妹敲响了警钟，指明了生活的方向。每个人的人生都不会一帆风顺，每个人的生活都有苦和痛，然而人生虽苦短，我们还是要不畏艰难，努力前行！